偽りの愛の向こう側

そして、二人の選択

上乃凜子

宝島社

Contents

遥菜との出会い ―理人―

　あれは確か車検に出していたフェラーリを夕方業者に受け取りに行き、人と会っていた親父を乗せるためにホテルの前で待っていたときだった。バックミラーに梨香子《りかこ》の歩いてくる姿が映ったのだ。

　梨香子は俺が一年前、いや正式には二年前まで付き合っていた恋人で、ホテルのバーでラウンジピアニストとして働いていた女性だった。

　接待が終わった後にたまに立ち寄ると、よく梨香子が美しいドレスを着てピアノを演奏していた。柔らかな音色が心地よく、俺は一人で考え事をしたいときにそのバーへ通うようになっていた。

　そこから少しずつ話をするようになり、いつしか自然と付き合うようになった。

　最初の一年は俺も時間に余裕があったので、よくデートもしたし楽しかった。

　だが翌年、俺が取締役常務執行役員に昇進してからは、仕事が忙しくてほとんど会うことができなくなってしまった。

　言い訳かもしれないが代々家族が引き継いできた綾瀬《あやせ》不動産に就職し、これまで綾瀬の名に恥じないよう仕事をしてきた自負があった。その一方できちんと試験を受けて入社したにもかかわらず、外部からはコネや世襲だと言われ続けていた。

少しでも中途半端なことをすればすぐに足をすくわれてしまう。

取締役として名を連ねた以上、無責任な仕事をすることはできなかった。

俺はとにかくプライベートを削り、仕事中心に一年間を過ごした。

この忙しさが落ち着いたら梨香子と結婚しようと思っていたし、梨香子にもそう伝えていた。

梨香子も最初は理解を示してくれていたけれど、仕事ばかりの俺に嫌気がさしたのか、「このまま付き合っていても未来が見えない」と言って、留学時代の友人に誘われて豪華客船のピアニストとして再就職し、俺の前からも日本からもいなくなってしまった。

その梨香子がホテルに向かって歩いてくる。

俺は車から降りると引き止めるように梨香子の腕を掴《つか》んだ。

「梨香子？」

力強く引っ張ると、梨香子はバランスを崩しながらも俺に顔を向けた。

「日本に帰ってきたのか？」

俺の前から消えてしまった梨香子に会って、口調がつい強くなる。

だが梨香子だと思っていた女性は顔立ちは似ている気がするけれど、よく見ると全く違う女性だった。梨香子ではないと気づいた俺は、その女性を見つめたまま呆然《ぼうぜん》としてしまった。

そう、これが遥菜《はるな》との初めての出逢いだった。

「あ、えっと……」

困惑した顔の遥菜が俺を見て口を開く。俺はすぐに掴んでいた腕を放した。

「すみません。人違いでした」

謝罪しながらも目の前の遥菜の顔をじっと見つめてしまう。俺はもう一度「失礼しました」と頭を下げると逃げるように車に戻った。

そんなことがあってから二カ月後。

珍しく友人の湯川海斗《ゆかわかいと》から連絡があった。

海斗とは中学の時からの友人で、昔からよく一緒に遊び、俺が常務になる前まではよく飲みにも行っていた。

「理人、お前まだ家政婦を探しているのか？」

昔から通ってくれていた家政婦が高齢を理由に辞めたとき、人材派遣会社の社長である海斗に相談したことがあった。その時海斗からは、「うちの会社は家政婦の派遣はしていない」と言われてしまったので他で探そうとしていたのだが、仕事が忙しすぎてそこまで手が回っていなかった。

「まだ決まっていない。もしかして誰か派遣してくれるのか？　それなら有り難い。新しい家政婦を見つける時間もなくてかなり困っているんだ」

「いや、実は今日登録に来た女性がお前の探している家政婦の条件に合うんじゃないかと思ったんだ。俺が直接面談したんだけど、他人と接点を持たない職場が希望らしくて、職歴も見た感じ悪いところはないし、スノーエージェンシーに勤めていた女性なんだ。不動産業界の広告に携わっている会社だから、お前も知っているだろ？」

海斗の実家は、湯川コーポレーションという主に産業医や看護師、薬剤師など医療系専門の派遣会社を経営している。

海斗は大学卒業後、親の会社には就職せず自分で一般企業向けの派遣会社を立ち上げた。

最初は大変なこともあったようだが、元々努力家なのと人を見極める力が鋭いこともあって、今では大手派遣会社として名を連ねている。そんな海斗が自ら俺に電話をしてきたということは、おそらく俺が求める家政婦として適任者なのだろう。

「わざわざお前が連絡してくるくらいだから間違いないとは思うが、俺も一度確認したい。その女性に会えるか？」

「そう言うと思って雇い主と面談があることは話しておいた。いつなら来れそうか？」

さすが海斗だ。こういうところは完璧に近いほど気が回る。

「スケジュールを見ないとわからないな。確認してまた連絡する」

「わかった。なるべく早く連絡しろよ。彼女なら他の企業からも相当希望があるだろうからな。それに可愛《かわい》いんだ」

珍しく海斗が女性の容姿について口にする。

「お前が女性の容姿を口にするなんて珍しいな。明日には連絡する。なあ海斗、悪いんだが先にその女性の名前を教えてくれないか。俺もスノーエージェンシーにどういう女性なのか確認しておきたい。家政婦として雇うことになれば信頼できる人間かどうかは重要だからな」

いくら海斗が薦めるとはいえ、家政婦となれば自宅に入れる女性だ。自分でも確かめておきたい。

「本当は個人情報を教えるのは違反なんだが……。仕方ない。派遣先企業への紹介ということにするか。名前は桜井《さくらい》遥菜という女性だ。ただ個人情報だからな。お前のことは信じているが、絶対にそれは守ってくれよ」

「わかってるよ。海斗には迷惑をかけないから。兄貴の友達がスノーエージェンシーの部長なんだ。それとなく聞いてみるよ」

俺は電話を切ったあとスノーエージェンシーの佐山《さやま》さんに連絡を取った。

佐山さんは兄貴の高校の同級生で実家にもよく遊びに来ていたこともあり、俺もよく知っている。佐山さんに確認して信用のできる人間ならぜひとも雇いたい。

俺は電話口に出た佐山さんに適当な理由をつけて挨拶をしたあと、スノーエージェンシーにいた桜井遥菜という女性と知り合った話をした。すると佐山さんは、それは自分の部下だった女性だと言って快く教えてくれた。

佐山さんの話ではスノーエージェンシーで営業アシスタントとして働いていて、仕事も丁寧で責任感も強く真面目《まじめ》で頼りになる女性だということだった。もっと働いてもらいたかったが、先日家庭の事情で実家に帰るため惜しまれつつも退職したとのことだった。

家庭の事情で実家に帰ると言って退職した人間がなぜ派遣会社に登録したのか不思議に思ったが、とにかく俺も家政婦がいなくて困っている。佐山さんも信用している女性ならこれは家政婦として雇えるかもしれない。俺はなんとかスケジュールを調整して、海斗に連絡を入れた。

そして面談する日。海斗のオフィスで履歴書を確認していると、部屋に入ってきた遥菜が「あっ」と声を上げた。

その声を聞いて書類から顔を上げた俺は目を瞠《みは》ってしまった。面談に来た女性は以前ホテルの前で梨香子と見間違えた女性だったからだ。先日のこともあり、気まずさから顔が合わせづらい。

すかさず海斗が「もう理人は桜井さんのことを知っていたのか」と、にやつきながら俺と遥菜を交互に見た。

「あ、いえ。知っているというか……人違いでお会いして……」

遥菜の言葉に海斗はますます嬉《うれ》しそうに俺を見て笑い出した。

「理人、お前も桜井さんを梨香子ちゃんと間違えたのかよ」

「そんなことより海斗、早くしろよ」

俺はなんともきまりが悪く、急《せ》かすように海斗を睨《にら》みつけた。

それから海斗と遥菜のやりとりが始まった。

スノーエージェンシーは綾瀬不動産と取引のある会社だが、遥菜は俺を知らなかったようだ。海斗が俺のことを紹介したとき、信じられないといった表情でかなり驚いていた。

俺はじっと遥菜の様子を観察していたが、俺のことを聞いたあとも特に興味を示す風でもなく、家政婦先が俺の家だと聞いて嫌がるような素振りさえ見せた。

こんな女性は珍しかった。

海斗が俺に薦めていること、佐山さんからの話、俺に全く興味がないこと、家政婦として雇う条件は揃《そろ》っていた。

梨香子と見間違えた女性に身の回りの世話をされることに一瞬躊躇《ためら》ったが、このチャンスを逃すとまた新たに家政婦を探さないといけないし、次にこんな条件が揃った人間はなかなか現れないだろう。

断られる前にこの話を決めないといけない――。

そう思った俺は海斗からの視線を受け、口を開いた。

「単刀直入に言う。俺は日々の業務が忙しく家のことに割いている時間はない。それに長年勤めていた家政婦が辞めて大変困っている。仕事内容は海斗、いや湯川が言った通りだ。君の経歴は確認させてもらった。スノーエージェンシーでアシスタントをしていた君なら広告の整理も容易な仕事だろう」

するとと遥菜は背筋を伸ばし、きりっとした表情で俺に質問を返してきた。

「家政婦として働く時間が十時から十六時ということは、綾瀬さんがいらっしゃらない留守の間にお家に入るということですよね？　今日会ったばかりの見ず知らずの私をお家に入れるほど信用できるのでしょうか？」

冷静に自分を家に入れて信用できるのかと聞いてくるあたりが、佐山さんから聞いていた話と合致して頷《うなず》ける気がした。

ますます遥菜を逃したら家政婦としての適任者は見つからないと思った俺は、遥菜が断りづらくなるようにわざとスノーエージェンシーの名前を出すことにした。

「それなら大丈夫だ。鍵の受け渡しはコンシェルジュを通してもらう。寝室は鍵がかかっているから入れないし、貴重品は全て俺が管理している。それに君はスノーエージェンシーにいたんだろう？　もし俺のところで何か不審なことをすれば、君は元社員ということでスノーエージェンシーは相当なダメージを受けるだろうな」

遥菜の顔が途端に曇り始める。

「そ、それって少し脅しのように聞こえるのですが……」

少し動揺している遥菜の言葉に俺は口元を緩めた。

「脅し？　違う、信用だ。悪いが君の経歴を確認させてもらったあと、知り合いを使って君のことも調べさせてもらった。こちらも自宅に他人を入れないといけないのでね。それで佐山さんからスノーエージェンシーではアシスタントとして丁寧な仕事をして、責任感も強く真面目で頼りになる人間だと教えてもらった。そんな君がスノーエージェンシーに迷惑をかけるようなことは絶対にするわけないだろ？」

「佐山さんって……佐山部長のことですか？」

「そうだ。佐山部長だ。君の上司だったんだろう？　家庭の事情で実家に帰ると言って退職した君が、なぜこの横浜で派遣社員として働こうとしているのか。そんな理由など俺には全く興味はない。きちんと仕事をしてくれればいい。ただそれだけだ」

　こんなずるい言い方をして申し訳ないとは思いつつも、佐山さんの話を出したことで遥菜が家政婦を受け入れてくれたことに俺は心底ほっとしていた。

　そして遥菜が帰ったあと、珍しく海斗が俺に真剣な表情を見せた。

「理人、家政婦が無事に決まってよかったな……っていうか、桜井さんの優しさに助けられたな。まさか彼女が梨香ちゃんに似ているから必死だったのか？　あんな脅しのような手を使って……」

「そんなことあるわけないだろ。俺は彼女の経歴とお前や佐山さんの話を聞いて、彼女が信用に値する人間だと判断したから雇っただけだ」

「冗談だよ。そんなに怒るなよ。確かに彼女はしっかりしているし、真面目で責任感もありそうだ。それに穏やかで相手を受け入れる優しさも持っている。俺な、昔からお前には彼女のような包容力のある女性が合っていると思うんだよな。お前は嫌がるだろうけど、実は俺、お前が梨香ちゃんと結婚しなくてよかったと思ってるんだ」

海斗がこういうことを言うのは珍しいが、梨香子が俺の前からいなくなって以来、結婚に興味のない俺は海斗の言っていることをただ普通に聞き流していた。

遥菜が家政婦として通い始めてから部屋の中は次々と片付いていき、家に帰るたびに綺麗《きれい》になっていった。特に広告の整理はさすがスノーエージェンシーで働いていただけあって、スクラップブックにきちんと纏《まと》められとてもわかりやすかった。

そして三カ月が経《た》った頃、俺は日々舞い込んでくる見合い話や紹介話に嫌気がさし、どうにか断る方法はないかと仕事の合間に考えるようになっていた。

俺が独身だから仕方がないのはわかっているがどうせ政略結婚だ。相手が綾瀬不動産と繋《つな》がりを持ちたいのは目に見えているし、好きでもない女と生活したところで俺には何のメリットもない。

俺があの時もっと早く梨香子と結婚していたら――。

そう考えたこともあった。

だがもし結婚していたとしても、梨香子は仕事の忙しい俺に愛想を尽かして、遅かれ早かれ俺の前から去っていただろう。

何か結婚を断るいい方法はないだろうか。

ふと、海斗の言葉が頭をよぎった。

『彼女はしっかりしているし、真面目で責任感もある。それに穏やかで相手を受け入れる優しさも持っている』

そうだ。彼女を家政婦としてではなく妻として雇うのはどうだろうか。

彼女が俺の妻を演じてくれたら、この状態から逃れられるはずだ。

上手く交渉すれば俺の提案を受け入れてくれるのではないか――。

いや、さすがにそんなことをしては人道に反してしまう。

ならいっそのこと結婚すればいいのではないか。

俺は政略結婚で好きでもない女性と結婚させられて一生纏わりつかれてしまうのなら、俺に全く興味のない遥菜と結婚する方がまだ救われると考えたのだ。

だが結婚してほしいと言ったところで遥菜は絶対に断るに決まっている。遥菜が断らない方法と考えて契約結婚を思いついた。一年後に離婚すると期限を決めて遥菜にメリットがあるように交渉すれば、もしかしたら上手《うま》くいくかもしれない。一度結婚をしておけば次にこういう話がきたとしても、自分には結婚は向かないと言って断る理由も立つ。

俺はさっそく遥菜が家政婦としてマンションに来ている日を狙って、交渉することにした。なんとか仕事を切り上げて家に帰ると、遥菜は既に帰り支度をしているところだった。驚いて俺を見る遥菜に話があると伝え、ダイニングテーブルに座ってもらう。遥菜は急に話があると言われて緊張しているのか不安そうな表情を向けた。

「これから俺が言うことは君にとってとても失礼だということはじゅうぶんわかっている。だがそれを承知のうえで聞いてもらいたいんだ」

遥菜が身構えながらも「はい」と返事をして頷いた。

いきなり「結婚をしてくれ」と言って大丈夫だろうか。

それとも「俺の妻を演じてほしい」と言った方がいいのだろうか。

最初の言葉が肝心だ。交渉を成立させたいため、慎重になってしまう。

すると俺が何も言い出さないことに痺《しび》れを切らしたのか遥菜が先に口を開いた。

「もし新しい家政婦さんが決まったのなら私……」

「俺と結婚してくれないか」

結局、口から出てきた言葉はそれだった。

「けっ、結婚？　わ、わたしとですか？」

目を見開いて俺を見る遥菜に「そうだ」と頷くと、すぐさま眉間に皺《しわ》を寄せて尋ね返してきた。

「あの、ちょっと意味がよくわからないのですが……。話す相手を誰かと間違えていませんか？」

「間違えていない。君にお願いしている」

俺は首を横に振り、真剣な顔で遥菜を見つめた。

「申し訳ないのですがそれはできません。私は綾瀬さんのことをよく知らないですし、それに誰とも結婚するつもりもありません。綾瀬さんでしたらもっと相応《ふさわ》しい方がたくさんいらっしゃると思います」

思った通りだった。遥菜なら簡単に頷くことはせず断るだろうと予想はしていたが、そこで俺は一番重要なことを話していないことに気づいた。失敗したと思いながら顔を歪《ゆが》める。

「どう話したら君に受け入れてもらえるのかとそればかり考えていたら肝心なことを言い忘れていた。結婚と言っても契約結婚なんだ」

契約結婚と聞いて不審そうな目を向けてくる遥菜に、俺は理由を説明するため自分の現状を伝えた。そこでやっと遥菜は俺の言うことを理解してくれたようだった。

「それで私と契約結婚……という話ですか？」

「そういうことだ。申し訳ないが失礼を承知のうえでこうしてお願いしている」

頷きながらどうにか遥菜が受け入れてくれないかと願ってしまう。だが予想以上に遥菜は抵抗してきた。

「どうして私なんですか？　他に頼める方とかいらっしゃらないのですか？」

「いたら君に頼まないよ。君のことは佐山さんからも聞いているし、三カ月間ここでの仕事を見せてもらって信用している。それに君は俺に興味がないだろ？」

遥菜の仕事ぶりは佐山さんから聞いていた通り、とても丁寧で完璧なものだった。真面目で責任感もあり、言われたことはきちんと守る。俺に興味がないので他の女性のようにしつこく連絡してこない。この三カ月で俺が遥菜を信用した理由だった。

「俺は一年後に別れられる女性と結婚がしたいんだ。それともうひとつ、君の経歴だ。君がスノーエージェンシーにいたことで、仕事を通じて知り合ったと言えば怪しまれないし周りを納得させられる。自分勝手なことも失礼なことを言っているのもじゅうぶんわかっている。だけど頼む、考えるだけ考えてくれないか」

俺はそのままテーブルの上で丁寧に頭を下げた。

お願いだ。頼む。俺の願いを受け入れてくれ……。

「どんなに頼まれても申し訳ないですが、やっぱり私にはできま……」

「頼む。少しだけ考えてくれないか。期間は一年間。一年後にきちんと離婚する。契約結婚と言っても今までと同じようにこの部屋の家事をしてもらうのと、うちの会社のイベントに夫婦で出席してもらうくらいでそれ以外は自由だ。お互いに干渉はなし。あくまでも今の関係の延長だと思ってくれたらいい。ただし一年間は他人との恋愛だけはNGだ。契約結婚ということがバレては困るからな。君も要望があったら教えてほしい。俺からお願いしている以上できる限り対処する」

とにかく俺は遥菜に頼み込んだ。断る隙を与えないよう来週答えを聞かせてほしいと時間を延ばし、それまでに何か他に遥菜に有利になりそうなことがあれば条件に付け加えようと考えた。

「わかりました。考えてはみますけど答えは変わらないと思います。期待はしないでください」

とりあえず断られなかったことにほっと胸を撫《な》で下ろす。遥菜はそう言葉を残すとマンションから帰っていった。

そして一週間が経ち、遥菜の返事を聞く日が来た。緊張から身体《からだ》に力が入る。遥菜の答えがNOならまたあの見合いや紹介話の餌食になってしまうと思うと、何としてもこの交渉を成立させたい。俺は遥菜に気づかれないように小さく息を吐いたあと静かに口を開いた。

「この間の話だが、考えてくれた？」

遥菜の表情を読み取ろうと窺《うかが》うように顔を覗《のぞ》きこむ。遥菜は俺に視線を合わせると小さく首を左右に振って頭を下げた。

「考えましたがやっぱり私には無理です。結婚はできません。ご期待に添えず申し訳ございません」

やっぱり無理か……。

答えはわかっていたがほんの少し期待を抱いていたのも事実だった。

もう交渉の余地はないのだろうか……。

まだ諦めきれずにいると、ふとひとつの疑問が浮かび上がった。

そういえば断る理由は何なのだろう。

どうせ断られるのなら理由を聞いてみようと思った俺は遥菜に尋ねてみた。

「悪いが理由だけでも聞かせてくれないか？」

遥菜をじっと見つめる。仕事、振舞い、全てにおいて真面目な女性だから理由もはぐらかしたりせず、きちんと答えてくれるはずだ。

すると遥菜は俺が思ってもいなかったことを口にし始めた。

「正直に言いますと、この間お聞きしたときは絶対に無理なお話だと思ったのですが、帰って色々考えていたら少しだけ魅力的なお話だなとは思ったんです」

魅力的な話という言葉に俺はすかさずどういう意味かと聞き返した。

「私は少し前に彼氏に浮気をされて酷《ひど》い裏切りを受けました。今は男性を信じることがとても怖いですし、また同じように裏切られたらと思うと怖くて恋愛はできません。だけどこのまま結婚しないとなると周りから何か言われることは目に見えています。その点綾瀬さんのお話ではお互い干渉することもないですし、何より相手に感情を持ちません。だから魅力的なお話だなと……」

「ならどうしてできないんだ？」

逸《はや》る気持ちを抑えながら優しく問いかける。

遥菜は一つ目の理由として俺と遥菜とでは家柄が違うので俺の両親が遥菜を認めないと言ってきた。

遥菜の理由を聞いてそんなことかと頬を緩める。遥菜が気にするのは当然のことかもしれないが、うちは会社が大きいだけであって、いたって普通の家庭だ。俺が誰と結婚しようと文句をいう者はいない。

「それは大丈夫だ。家柄は関係ない。実際に兄貴の嫁さんは大学の時の同級生だしな。政略結婚のような見合い話があるのは俺がいまだに結婚していないからだ。相手にとってはうちとの繋がりが持てる絶好のチャンスだからな。一つ目の理由はそれか？　じゃあ二つ目は？」

二つ目の理由は遥菜の両親のことだった。契約結婚とはいえ籍を入れるとなると両親に結婚することを話さないといけないうえに、俺に会わせてほしいと言われたら困るということだった。

遥菜が気にするのはもっともだし、両親にしてみれば娘の結婚相手はどういう人間なのかということを一番気にするはずだ。

「当然のことだろうな。だけどそれは俺が君の両親に会って結婚の承諾を得ればいいことだろ？」

そう伝えた途端、遥菜は信じられないと言わんばかりに目を丸くして俺を見つめた。

「えっ？　綾瀬さんがうちの両親に会うんですか？　契約結婚なのに？」

その驚き具合に思わず笑みがこぼれそうになる。

「当たり前だろ。こんな非常識なお願いをしている俺が言うのもなんだが、それは当然のことじゃないか。両親からしたら大切な娘を嫁に出すんだ。どんな奴かわからない男なんかに娘をやれないだろ？　ただな、申し訳ないんだが結婚式だけはしたくないんだ」

結婚式を避ける理由は契約結婚だからではなく、招待客を呼ぶとなると大々的になってしまうからだ。そうなると離婚したあとで遥菜が中傷されたりと迷惑をかけてしまう可能性がある。

もしかして悩んでいたのはこれが理由だったのか？

これがクリアになればもしかしたら交渉が成立するかもしれない。

俺は緩みそうになる顔を必死で堪《こら》えながら冷静を装い遥菜に視線を向けた。

「他に理由はないのか？　理由は二つだけか？」

そう尋ねると、遥菜は三つ目の理由として離婚後に住む家がすぐに見つかるか不安なのだと口にした。遥菜が心配している理由に大きく頷く。俺からお願いしている以上、離婚したからといってすぐに追い出すことはしないが、遥菜からしたら不安要素のひとつだろう。

この契約結婚では遥菜の戸籍を傷つけることになるので当然迷惑料は払うつもりでいた。それならうちが所有しているマンションを俺が買い、遥菜に渡せばいい。

「そんなことか。それも問題ない。離婚する時には慰謝料という形でうちが所有しているマンションのどれかを渡すよ。俺から無理なお願いをしているんだ。それくらいは当然だ。その先の維持費もこちらで出すよ」

俺がそう伝えると遥菜はきょとんと目を見開いたまま固まってしまった。その表情を見て思わずフッと頬が緩んでしまう。

遥菜の懸念している理由をひとつずつクリアしていき、もう他に理由はないのかと尋ねると、今度は働かないと生活できないから無理なのだと主張してきた。

「働かないと生活ができない？　どうして？」

「私も洋服を買ったり友達と食事に行ったりとか、携帯とか生命保険の引き落としもあるし、やっぱり生活費が必要になるので……」

遥菜の理由を聞いてそういうことかと再び頷く。別に働くことに関しては何も思わないのだが、綾瀬家の嫁が働いているとなると周りが煩《うるさ》いはずだ。俺の知らないところで遥菜に迷惑がかかっても困る。

「悪いんだが妻が働いていると何かしら言われることも多いから、結婚している間は外で働いてほしくないんだ。その代わりクレジットカードを渡す。何でも好きに使ってくれて構わない。それを使って空いている時間は習い事でも何でも好きにしてくれていい。それから現金も必要になるだろう。そうだな……、現金は毎月十万くらいあればいいか？　不足があれば言ってくれて構わないから」

「そ、そんなのできません。綾瀬さんからはもらえません」

俺の提案を遥菜は即座に拒んだ。思っていた通りだ。

きちんと自分の意見を持ち、全く他人の金にも興味を示さない。

やっぱり俺は遥菜とこの契約結婚を何としても成立させたい——。

「契約とはいえ夫婦になるんだ。それも俺が無理を言ってお願いしている。生活費を渡すのは当然だろ？　家賃や光熱費は自動的に引き落とされるし健康保険は俺の扶養に入るから問題ないだろう。あとこの部屋にあるものは好きに使ってくれて構わない。俺の食事も作らなくていい。夜は遅いしほとんど外食だ。だからそのお金は君が洋服なり友達との食事なり好きなように使ったらいい。もうないか？」

そう伝えると遥菜が黙ってしまった。どうしたのだろうか。

もしかしてもう理由がないのか？

そうだとしたら今がチャンスだ。

「じゃあ、君の問題は全て解決ということだな」

怖がらせないように笑みを浮かべて遥菜の顔を覗きこむ。まだ他に遥菜が懸念している理由があるのなら全て対処するつもりで顔を見つめていると、遥菜が俺を見て首を振った。

よし！　これは交渉成立ということだよな！

遥菜の理由を聞いておいて本当によかった。

ここは有無を言わさないように早く決めておかないと……。

「君の問題が全てクリアできたということは、俺の提案を受け入れてもらえると考えてもいいよな？」

「えっ？　どうしてそうなるんですか……」

「結婚できないと思っていた理由が全てクリアできただろ？」

「それとこれとは違うし、私は結婚するつもりは……」

「もし何か新しい問題が出てきたらその都度対処するから言ってほしい。だから心配しなくても大丈夫だ。ところで色々無理を言って本当に申し訳ないんだが、できるだけ早く君と結婚したいんだ。君の両親に挨拶に行きたい。来週の日曜日、ご両親の都合を聞いてみてはもらえないだろうか」

とにかく俺は遥菜が断れなくなるようにすぐに両親への挨拶の話を持ち出した。

「早くしないともう見合いの話が多すぎてな。無駄な時間ばかり奪われて本当に困っているんだ。ご両親の都合を聞いてもらって明日にでもその結果を連絡してくれないか？　番号は……」

そう言って自分の携帯から遥菜の携帯に電話を入れ、かなり強引に登録を促した。こうして俺と遥菜の契約結婚の話が成立したのだった。

それからは遥菜の両親へ挨拶に行って承諾をもらい、俺の家族に会わせ、結婚指輪を買いにいった。

遥菜の家族はとても心の温かい人たちだった。遥菜が真面目で責任感のある奥ゆかしい女性に育ったのがわかる気がした。

話をしているうちにこんな両親を騙《だま》すようなことをして、そんな家族の中で育った遥菜に騙す片棒を担がせて、俺は段々と心苦しくなってきた。

遥菜も同じ気持ちだったのだろう。帰りの車の中で必死で涙を堪えているようで、その姿にまた心が痛んだ。

「ごめんな。俺のせいで両親を騙すようなことをさせてしまったな」

こんなことをさせて申し訳なく思い遥菜に謝ると、逆に俺を気遣うように感謝の言葉が返ってきた。

「いえ、大丈夫です。綾瀬さんの提案を受け入れたのは私ですから気にしないでください。あんなに喜んでいる姿をみたらちょっと申し訳なかったなと思っただけで……。こちらこそすみません」

つらいなら泣いていいのに無理やり笑顔まで作っている。

「つらいことさせて本当にごめん」

俺は無意識に遥菜の頭に触れていた。次第に遥菜の瞳から涙が落ち始める。

遥菜は肩を震わせながら握り締めた拳を一生懸命口元に強く押さえつけていた。

俺の中で何とも言えない気持ちが心の奥底で芽生え始めていた。

初めての気持ち―理人―

遥菜との偽りの結婚生活が始まった。

引っ越してきた当日、俺は事前に作成しておいた契約書を遥菜に渡した。今回の契約結婚をするうえでの、お互いの約束事が記載された契約書だ。これは俺の保身のためというより、遥菜のために作成したものだった。

俺の身勝手な契約結婚という要求を受け入れてくれた遥菜に、少しでも安心してもらえるよう『保険』として渡しておきたかった。

遥菜に内容を確認してもらったあと、サインをしてもらう。

これで遥菜の不安も少なくなっただろう。

次に婚姻届を差し出すと遥菜は少し顔色を変えた。やっぱり籍は入れたくないと言われるのかと思い一瞬焦ったが、遥菜は何も言わず署名をしてくれた。そのことに小さく息を吐きながら安堵《あんど》する。最後に現金を渡し、入籍後に遥菜の家族カードを作ることを伝えた。

そして全てが終了したあと、俺は先日購入した結婚指輪を取り出した。

「この間買った指輪だ。これを今日から着けてほしい」

そう伝えて自分の薬指にそれぞれが着ける。

結婚指輪を着けた途端、俺はどことなく妙な気持ちになった。

偽りの結婚にもかかわらず、なぜか不思議と社会的責任、信用、仕事への責務、家族を守るという気持ちがのしかかってきたような気がした。

その日から遥菜との同居生活が始まったのだが、俺はその日以降、遥菜の姿を見ることは一度もなかった。

本当にこの部屋の中にいるのだろうか？

姿を見せないうえに物音さえしない。

だけど家に帰ると毎日リビングの電気は点《つ》いていたし、部屋の中も暖かく、遥菜が生活していることだけは感じられた。お互い干渉しないと約束したこともあって、俺もあえて気にしないようにしていた。

そして一週間が経った日曜日、やっと俺の前に姿を見せた遥菜が様子を窺うように話しかけてきた。

「綾瀬さんすみません。少しお話があるのですが今お時間って大丈夫ですか？」

俺が座っているソファーの前に遥菜が正座をして座り、見上げるように顔を向ける。

「一週間ここで生活させてもらって、もし可能であればいくつか許可をいただければと思いまして……」

この一週間俺の前に姿を見せなかったのは何か不満があったからなのだろうか。

自然と眉間に皺が寄ってしまう。

「朝ですが六時くらいからキッチンを使わせてもらってもいいですか？　実は銀行とか免許証の名義変更が色々あって、できるだけ早く家事を済ませて行きたいと思いまして。わがままを言ってしまってすみません」

一週間キッチンを使うのを遠慮していたのか。

別に朝早くキッチンを使おうが俺は全く使わないのだから関係ない。

もっと重要な事柄かと思っていたので、少し安心する。

「それは構わないよ。俺のことは気にせずに好きに使ったらいい」

「ありがとうございます。では明日からそうさせていただきますね。それと洗濯ですが綾瀬さんは今ご自分で下着を洗濯されていますよね？　もし嫌でなければ私が洗濯しますので洗濯機の中に入れておいてください。あっ、決して変な意味じゃなくて。私、お父さんや大樹《だいき》ので慣れてますし、自分の洗濯物もありますので……」

真っ赤になりながら必死で首と両手を振っているのが何とも愛らしい。

こんなことを言ってくるということは、おそらく妻としての役割をきちんと果たそうとしているのだろう。本当に責任感が強いというか真面目な性格だ。

俺はクスッと笑いながら首を横に振った。

「大丈夫だよ。それは自分でするから」

「やっぱり他人が触るのは嫌……ですか？」

正直助かるし別に他人が触るのが嫌なわけでもないが、本当の夫婦ではないのに下着まで洗わせるのは失礼だ。そう答えると遥菜は珍しく自分の意見を主張してきた。

「でも綾瀬さん、毎晩帰宅されるのが遅いですよね？　お互い干渉しない約束ですけどその時間が省かれるだけでも早く寝られると思います。それに一年間は契約とはいえ夫婦ですし。家族の洗濯をするのは当たり前のことですよね？」

妻としての役割を果たそうとしているのかと思っていたら、俺が早く寝られるよう気遣ってくれていたようだ。

そんな遥菜の気遣いを心地よく思ってしまった俺は、少し意地悪をしてみたくなった。

「では時間が遅いときはお願いするよ。ただ一年間は契約とはいえ夫婦というのであれば呼び方もさすがに慣れてもらわないとな。話し方もそんなんじゃバレてしまうぞ」

途端に遥菜の顔がハッとした表情に変わった。思った通りの反応をしてくれたことに微笑《ほほえ》ましくなってしまう。

「他には何かあるか？　もうそれで終わりか？」

「あと一つ。今日もここで自分のごはんを作るのですが、綾瀬さん……じゃなくて理人さんがお休みの日は一緒に作っても大丈夫ですか？　干渉しないでほしいと言われるのでしたら私の分だけ作りますけど、理人さんも食事はされますよね？　外食するのであれば一緒に作らせてもらえればと」

確かに休みの日は作ってもらえると助かるがそれは契約違反だ。遥菜との最初の約束で食事は作らなくていいと決めている。決めていることを破ってしまうと契約の意味がなくなってしまう。

「有り難い話だがそれだと契約に違反するだろ？　料理は作らなくていいという約束だしな」

「そうですけどここに理人さんがいらっしゃるのに私だけ自分のごはんを作って一人で食べるのもなんだか気が引けて……。そんな大した料理はできませんがお休みの日くらいは外食されずにお家でゆっくりされたらどうですか？」

遥菜からしてみれば、俺がいる前で一人で食事は摂《と》りづらいということか。

その気持ちもわからなくもない。それにここで断ると遥菜の性格ならまた色々と考えて俺に気を遣うだろう。

「わかった。じゃあ休みの日はお願いするよ。申し訳ないな」

「私もその方が気にせずにごはんが食べられます。理人さんが近くにいるのに自分のごはんだけを作って一人で食べるのってすごく意地悪な人みたいですし」

遥菜の言葉を聞いて本当にいい両親に育てられたんだと思い、あの温かい遥菜の家族の顔が浮かんできた。遥菜はそれから休日の食事と毎日の朝食を作ってくれるようになったのだった。

十二月に入り、大和《やまと》建設の設立五十周年を祝うパーティーの日程が近づいてきた。

今回は昨年大和建設が建てたプレジールホテルで開催されることもあって、あらゆる企業や取引先が招待されている。またパートナー同伴でとも言われていた。

いつもはパートナー同伴と言われても無視して一人で出席するのだが、今回は俺が結婚したことを広めるには絶好の機会だ。それもあって遥菜との契約結婚を急いだと言っても過言ではない。俺は義姉《ねえ》さんに遥菜のドレスなどの準備を頼んでパーティーに備えることにした。

そしてパーティー当日。

俺は親父たちと先にプレジールホテルに行ってラウンジで義姉さんと遥菜を待っていた。遥菜が来たら一緒に連れて歩き、そこで結婚したことを広めたらいいだろうと考えていた。

しばらくしてヘアメイクをされ、ドレスに着替えた二人が現れた。

「皆さん遥菜ちゃんを見て。ほんとに可愛いの。ほら理人くん、遥菜ちゃんとっても可愛いでしょ！」

遥菜が目の前に現れたとき、俺は息を呑《の》んだ。

とにかく可愛かった。目が離せないほどだった。

普段も可愛らしい顔はしているが、それに増して艶っぽくて魅惑的な色気が漂っている。肩にショールはかかっているものの、背中が空き、胸元も透けているので肌の露出はかなり気になったが、淡いブルーの上品でエレガントなドレスは遥菜にとてもよく似合っていた。

誰にも見せたくない――。

心の中でそんな感情が芽生え始める。

梨香子もピアノを弾くときはよくドレスを着ていたが、こんなことは一度も感じたことはない。女性を見てこんな気持ちになったのは初めてだった。

「おい理人。見惚《みと》れてないで遥菜さんに何か言ってやれよ。そんな風だとすぐに遥菜さんに愛想を尽かされるぞ。こんな可愛い遥菜さんを誰かに取られてもいいのか？」

兄貴の言葉は聞こえていたが、これから遥菜をパーティー会場へ連れて入らなければならないと思うと、俺はなぜか急に苛々《いらいら》とした感情にとらわれはじめた。

パーティーの開演時間が迫り、全員で会場へと移動する。

遥菜がエレベーターに乗ろうとしたところで、俺と同年代と思われる男性が遥菜に近づいてきた。とっさに遥菜の腕を掴み自分の方へ引き寄せる。

無性に腹が立った俺は先に男性をエレベーターに乗せると、兄貴たちに「俺たちは後で行く」と伝え、鋭い視線を投げつけた。

「理人さん、助けてくれてありがとうございました。私が周りをよく見ていなくてすみません」

エレベーターが動き始め、遥菜がお礼を言ってきたので笑顔を向けると、遥菜の目に涙が浮かんできた。

「どうした？　大丈夫か？　何かあったのか？」

「今日は朝から緊張しちゃって。きちんと理人さんの妻が務まるのかなって……」

遥菜にこんな思いをさせていたとは知らず、申し訳なさで心が痛んでしまう。

「遥菜、大変な思いをさせて悪かったな。今日は申し訳ないがよろしく頼む。緊張していると今みたいにふらついたらいけないから、会場では俺から絶対に離れるなよ」

俺は遥菜の右手を掴んで自分の左腕にその手を絡ませた。こうしておけば遥菜は俺から離れないはずだ。

それに先ほどのように不意に誰かが近づいてきたり、声をかけられたりすることもないだろう。

パーティー会場に入ると既に多くの招待客で埋め尽くされていた。

これだけ人が多ければ、ある程度結婚したことを広めたら早めに退散して、遥菜をこの窮屈な場所から解放してやることができるかもしれない。

とりあえず誰から挨拶しようかと考えていたら大和社長が自ら俺のところにやってきた。

「綾瀬常務、こちらにいらっしゃいましたか。本日はお忙しいところご出席いただきありがとうございます。先ほど綾瀬社長から常務がご結婚されたと聞いてぜひお祝いをと……。もしかしてお隣にいらっしゃるのが奥様ですか？」

口調は丁寧で顔も微笑んでいるが、遥菜を品定めするように視線を上から下へと移動させている。

俺は遥菜をそんな目で見る大和社長に不愉快な気持ちになりながら、涼しい顔を装い笑顔を向けた。

「大和社長、本日はおめでとうございます。こちらから先にご挨拶に伺うべきところ、社長自らお越しいただきまして大変申し訳ございません。私事ではございますが結婚をいたしましてこちらが妻の遥菜です」

仲の良さを見せつけるように遥菜の肩へ手をまわす。

「はじめまして、妻の遥菜と申します。どうぞよろしくお願いいたします」

俺に続き遥菜がにこやかに頭を下げて丁寧に挨拶をした。

遥菜の挨拶に大和社長と隣の秘書のような女性が笑顔も見せず視線を動かす。そんな二人の態度に遥菜は不安そうな顔を俺に向けてきた。

俺は遥菜が気にしないように優しく微笑んだあと、大和社長の方を向いた。

「私もやっと自分の人生をかけて幸せにしたい、守りたいと思う女性に巡り会えました。まだまだ未熟ですがこれからは妻のためにも精進を重ね、仕事に邁進《まいしん》していく所存です。これからもどうぞよろしくお願いいたします」

遥菜を不安にさせた腹立たしさから、誰も立ち入る隙はないという意味を込めて大和社長に微笑む。遥菜は涙を流していた。自分を品定めされるような態度や、こんなうわべだけの言葉が行き交うパーティーに嫌気がさしたのかもしれない。

だが俺は心のどこかで遥菜をずっと守ってやりたいと思ったのは事実だった。

大和社長が立ち去ってからも次々と多くの人が訪れ、俺はその都度結婚したことを伝え、隣に立つ遥菜を妻として紹介した。

そんな中、スノーエージェンシーの佐山さんがやってきた。

「理人君、いや綾瀬常務、先ほど郁人《いくと》から常務が結婚されたと聞いて驚きましたよ。しかも相手がうちにいた桜井さんだと知ってもうびっくりで……。どこにいらっしゃるのかとずっと探しておりました」

佐山さんは本当に驚いているようで、目を丸くして俺と遥菜を交互に見ている。

「桜井さん、うちを辞めたのはもしかして綾瀬常務と結婚する予定があったからなのかい？　それならそうと言ってくれれば……。私はてっきり実家に帰ってご両親のクリニックを手伝うのかと……」

遥菜を見ると返事に困っている様子だった。確か遥菜は実家に帰るという理由でスノーエージェンシーを辞めたはずだ。本当の理由はわからないが何か事情があったのだろう。

「佐山さん、実は僕がどうしても遥菜と離れたくなくて、実家に帰らないでほしいとお願いしたんですよ。僕のわがままなんです」

遥菜の肩に触れ、自分の方に少し引き寄せながら佐山さんに笑顔を向ける。仲の良さをアピールしておけば、佐山さんにはおそらく信じてもらえるだろう。

「そうでしたか。桜井さんはうちにいたときから社内外問わずとても人気があったんですよ。だから常務が心配で離れたくない気持ちはとてもよくわかります。それにしてもこんな嬉しい再会があるとは……。あっ、そうだ。おい町田《まちだ》ちょっと……」

佐山さんが斜め後ろを振り返りながら誰かを呼んだ。

佐山さんに呼ばれた男性と、派手なピンクのドレスを着た女性が遥菜を見て顔色を変えている。

「町田、こちらは綾瀬不動産の綾瀬常務だ。何度か仕事をさせてもらっているから、挨拶はしているよな？」

その男性は俺に名刺を差し出して挨拶をはじめた。

「綾瀬常務、はじめまして。スノーエージェンシーの町田と申します。以前二回ほどラ・フェリーチェシリーズのマンションでご一緒に仕事をさせていただきました。覚えていらっしゃいますでしょうか」

確かに顔は見たことがある気がするが、はっきりとは覚えていない。町田と名乗った男性に、俺はこういう場ではあまり渡すことのない自分の名刺を渡し、挨拶を返した。

「町田、なんと綾瀬常務がうちにいた桜井さんと結婚されたそうだ。君のアシスタントをしてくれていたあの桜井さんだよ。今日はそれを聞いて本当に驚いた。うちにいた時も綺麗で可愛かったが、以前にも増して美しさに磨きがかかっているよな？」

にこにこと笑顔を向ける佐山さんとは対照的に、男性は口角だけを上げて笑顔を作り、遥菜の顔をじっと見つめていた。遥菜に向ける視線が腹立たしくて仕方がない。

「桜井さんお久しぶりです。ご結婚おめでとうございます。元気でしたか？」

だが遥菜は珍しく何も答えず、薄っすらと笑みを浮かべて小さく頷くだけだった。

「桜井さん、町田も来年の春に結婚するそうだ。彼女は総務にいた西田《にしだ》さんだ。我々営業とはあまり接点がなかったけれど、覚えているかな？」

佐山さんが遥菜に告げたのに、紹介された女性は俺に向けて挨拶をはじめた。

「はじめまして綾瀬常務。スノーエージェンシーの西田香里《かおり》です。桜井さんはとても人気があって私の憧れの先輩だったんです。桜井さんが結婚されたって聞いたら、いつも周りにいたあの男性社員たちがショックを受けちゃうだろうな。桜井さんの笑顔に勘違いしていた社員も多かったと思うから。ふふっ」

自分の婚約者が横にいるというのに、他人の夫に自分をアピールしてくるとはどういう神経をしているのか。明らかに好意を持っている目で見つめてくる女性に、俺は遥菜の肩に手を回して自分の方へ引き寄せた。

「そうですか。妻の笑顔は本当に可愛いですからね。他の男性が勘違いしたくなるのもわかる気がします。かくいう私も妻の笑顔に一目惚《ぼ》れしたんです。今は心配で仕方がないから、私以外の人に妻の笑顔は見せたくないんですけどね」

女性の顔が引き攣《つ》り、同じように隣の男性の顔も少し強張《こわば》っていた。そして佐山さんだけが俺たちの方を向いて、にこにこと笑っていた。

　ある程度挨拶ができたところで俺はパーティーを抜けることにした。

　遥菜も相当疲れているようなので、早くこの場から出してやりたかった。

　いや、これ以上遥菜を人目に触れさせたくなくて早く連れて帰りたかった。

　俺が大和社長と親父たちに伝えに行っている間、疲れている遥菜にその場で待っていてもらったのだが、それが失策だった。挨拶を終えて戻ってくると、なんと先ほどエレベーターで遥菜に近づいてきた男性が遥菜と話していたのだ。俺はすぐさま遥菜を自分の背中でガードするように横から割り込んだ。

「失礼ですが、私の妻に何かご用ですか？」

　どうにか感情は押し殺したものの、自分でもわかるくらいの冷ややかな声だ。その男性は既に俺のことを知っていたのか営業的な笑顔を作り、自分の名刺を差し出してきた。

「これは失礼いたしました。綾瀬常務の奥様だったのですね。はじめまして。私はFリゾートの藤田《ふじた》と申します。可愛い女性がお一人でしたのでつい声をかけてしまいました」

　Fリゾートといえば、古くなった旅館やホテルをリノベーションして新しく高級旅館や高級ホテルとして売り出している、今や飛ぶ鳥を落とす勢いの人気リゾート会社だ。名刺にはFリゾートの専務と書いてある。

可愛い女性が一人だったからつい声をかけただと？　先ほども感じたのだが、俺はこの男性の遥菜を見る好意を含んだ目がどうしても気に入らなかった。

「Fリゾートの専務さんでしたか。これは失礼いたしました。綾瀬不動産の綾瀬理人です。今後お世話になることがあるかと思いますがその際にはどうぞよろしくお願いいたします。また、今日は私の妻のお相手をしていただきありがとうございました。少し早いのですが私たちはこれで失礼させていただきます」

大人げない行動だと思ったが、俺は頭を下げるとそのまま遥菜の手を取って会場をあとにした。

ホテルを出て、待たせていた早川《はやかわ》の車に乗る。

「早川、横浜のベイホテルに向かってくれ。着いたらそこで今日はもう帰って大丈夫だから。遅くまで悪いな」

早川にそう伝えたところで、俺はやっと一息ついた。

遥菜は相当疲れていたようで、少しすると目を閉じて眠り始めた。こんなにも疲れさせてしまったのかと思い、遥菜の頭を自分の方へと引き寄せる。俺の肩にもたれて眠っている遥菜を見てなぜか安心する自分がいた。

ベイホテルに到着して眠っている遥菜を起こして車を降りると、遥菜がドアの枠でおでこをぶつけてしまった。痛そうに声を上げた遥菜にドアの前にいた早川が心配して近づいていく。

俺は早川の前から遥菜を奪い取るように自分の方へ引き寄せた。

「痛いか？　少し赤いな。大きな音だったから後で腫れるかもしれないな」

おでこに優しく触れながら腫れていないか確かめる。遥菜の顔を目の前にしたことで、俺は不覚にも周りを忘れてそのまま唇を重ねてしまいそうになった。

「いっ、痛くない。痛くないです。もう大丈夫です」

遥菜の声にふと我に返った俺は、手に持っていたコートを遥菜の身体にかけて早川に礼を伝えた。

俺に続くように遥菜も早川に声をかける。

「早川さん、今日は色々とありがとうございました。気をつけて帰ってくださいね」

普通に言葉を交わしているだけなのに、遥菜が早川に向ける笑顔さえ気に入らない。

今日の俺はどうしてこんなに苛つくんだ？

そんな疑問を抱きながら俺は遥菜を連れてホテルのバーへ向かった。というのも遥菜が全く食事を摂っていなかったからだ。

遥菜にメニューを渡して好きなものを選ぶように伝えると、彩りの綺麗なサラダが二つにピザとパスタが運ばれてきた。

「理人さん、しっかり食べてくださいね。早川さんが心配されていましたから」

遥菜がそれぞれを取り皿に盛りながらにこりと笑う。手渡された皿を受け取ってどういうことなのかと聞き返すと、どこか心配する素振りを見せて顔を曇らせた。

「仕事が忙しすぎて食事に無頓着で終日ほとんど食べられない日もあるとか。それだと身体を壊しちゃいます。だから食事だけはきちんと摂ってくださいね」

俺の知らないところでそんな会話をしていたことがどういうわけか面白くない。

そんな心情が表情に出ていたのか、突然遥菜がハッとした顔を向けた。

「あっ、すみません。何も干渉しない約束なのについ……。本当にごめんなさい」

「別に気にしてないよ。ただ早川と……そんな話までしていたんだな」

本当に今日の俺はいったいどうしたんだ？

どうしてこんなに遥菜のことに関して他の男が絡むと苛立つんだ？

俺はすぐにその話を切り上げると、遥菜に料理を食べるように促した。

だが、料理を食べ始めた遥菜が今度は眉間に皺を寄せて何か考えている。

「どうした？　味でもおかしいのか？」

「いえ、美味しいのでお家でも作れるかなと思って考えていました」

その言葉を聞いて俺も遥菜が食べていた同じサラダを口に運んでみた。

「確かに旨《うま》いよな。でもこんなものを本当に家で作れるのか？」

「ズワイガニの缶詰と帆立の貝柱を使って、ソースは市販のドレッシングで代用したら似たような感じになるかなと。なんちゃって料理ですけど……」

恥ずかしそうに答える遥菜が可愛くて、つい意地悪をしてみたくなる。

「じゃあ今度俺がきちんと再現できているか家でチェックするよ。ちなみにこのパスタも作れるのか？」

「このしらすとキャベツのパスタですか？　多分作れると思います」

「ならこの二つな。俺は食事に無頓着だから身体を壊さないためにも食事はきちんと摂らないといけないんだろ？　さっき遥菜がそう言ってたよな？」

遥菜が驚きながらも嬉しそうな笑顔を俺に向けてくれた。

その笑顔がまた一段と可愛くて嬉しかった。


遥菜との色々な出来事を思い返しながら、俺は酔いつぶれて俺のベッドで眠っている遥菜の頬にもう一度触れた。梨香子と別れて以降、たまに彼女のことを思い出すことはあったが、遥菜と出逢ってからはいつしかそれはなくなっていた。

遥菜が俺に向けてくれる穏やかな笑顔。いつも俺に配慮してくれる優しさ。遥菜と一緒にいることが心地よくて、俺はすっかり梨香子のことは忘れ、もう何の感情もなくなっていた。気づいたらただの思い出に変化していた。

遥菜が自分の中でとても大切な存在になっていることに気づく。

こんなに胸が締めつけられる思いは初めてだった。

遥菜のことが可愛くて愛おしくて堪《たま》らない。

このまま遥菜を自分のものにしてしまいたいという感情に揺さぶられてしまう。

だが、遥菜とは契約を結んでいる。

契約期間は一年。

お互い干渉することなく、恋愛感情も発生させることもなく、一年後にきちんと離婚をする――。

俺が遥菜に伝えた条件だ。遥菜もその条件だから俺との契約結婚を受け入れてくれたのだ。自ら約束した以上、それは絶対に守らないといけない。

遥菜と一緒にいられるのはあと九カ月。

九カ月後、俺は遥菜を手放すことができるのだろうか。


翌朝、俺は窓から差し込む眩《まぶ》しい光で目を覚ました。

少々身体が重くて寝不足のような気もするが、どうにか目を開けて起き上がる。そして自分がリビングのソファーの上にいることに気づき、俺はキッチンに視線を向けた。今日は土曜日でいつもなら俺が起きてくるのを見計らって遥菜が朝食を作ってくれているはずだが、キッチンにはまだ遥菜の姿はなかった。

きっとまだ寝ているんだろうな……。

昨晩の出来事を思い出し、ふっと頬を緩める。

俺はソファーから立ち上がると、こっそり寝室のドアを開けて遥菜の様子を見に行った。昨日と同じように俺のベッドでぐっすりと眠っている。可愛い寝顔を見ているとつい手を伸ばしてしまいそうになり慌てて拳を握った。

このまま遥菜のそばにいると触れてしまいそうなので、俺は寝室から必要なものだけを取り出すとドアを閉め、シャワーを浴びて会社へと向かった。

だが会社で仕事をしていても遥菜のことが気になって仕方なかった。

腕の中で肩を震わせて泣きじゃくっていたあの遥菜の姿が頭から離れない。俺は優先する業務だけを片づけると、早めに家へ帰ることにした。

家に着くと俺の顔を見た遥菜がすぐに頭を下げてきた。

「昨日はすみませんでした。あんなに酔いつぶれてしまって、理人さんにまでものすごく迷惑をかけて本当にごめんなさい。それに勝手に理人さんのベッドで寝てしまって本当にすみませんでした」

朝起きて自分の状況を把握して相当驚いたようだ。見るからにダメージを受けているようで全く顔を上げようとしない。

「昨日は楽しかったんだろう？」

遥菜が気にしないように微笑んで声をかけると、ゆっくりと顔を上げた遥菜が俺の顔を見た途端、涙をこぼし始めた。

「どうした？　何を泣いているんだ？」

「ごっ、ごめんなさい……」

朝からずっと反省していたのだろう。

そんなに気にすることないのに。

俺は遥菜の頭に触れ、頬に流れた涙を指で拭った。俺を見上げてじっと視線を向けてくる遥菜を見ていると、昨日と同じように抱きしめてしまいそうになる。俺は遥菜の頬から手を離すと笑顔を向けた。

「スノーエージェンシーの松村《まつむら》さんといったか？　楽しい飲み会だったみたいだな」

俺の顔を見て頷く遥菜が可愛くて堪らない。

「ちょっと着替えてくる。悪いんだがこれから夕飯を作ってもらえないか。まだ昼飯も食べてなくてな。材料がないなら外に食べに行こうと思うが」

「あります。作ります。作らせてください！」

遥菜は指で残った涙を拭うと、キッチンに移動して夕飯を作り始めた。

そして三十分もしないうちに夕飯が出来上がり二人で食べはじめていると、突然遥菜がテーブルの上に箸を置き、俺に真剣な表情を向けてきた。

「理人さん、昨日は本当にすみませんでした。ご迷惑をおかけして申し訳ございませんでした」

お互い干渉はしないと約束したとはいえ、やっぱり帰って来るのが遅いと心配になる。それに遥菜への気持ちを認識してしまった今、これから夜間の外出はやめてほしいのが本音だが、俺にそれを言う権利はないし、かといって遥菜を危険な目に遭わせることだけは絶対に避けておきたい。

「遥菜も色々とストレスが溜《た》まっていたんだろう。それはもう気にしなくていいよ。ただな、お互い干渉はしないと約束をしたとはいえ、やっぱり女性が夜遅くに帰ってくるとなると俺も心配になる。だからこれからは十時を過ぎるようだったらきちんと連絡してほしい。そして電車じゃなくタクシーで帰ってくること。契約には反するがもし遥菜に何かあったとしたら俺も遥菜の両親に申し訳が立たない。だからこれは追加の約束だ」

とりあえずはこれで夜間の外出の心配は回避されるはずだ。

「わかりました。すみません。これからはこんなことがないように絶対に気をつけます。それと昨日は理人さんのベッドまで使わせてもらったみたいで……。だから理人さんはソファーで寝られたんですよね？　本当にすみませんでした」

「あ、ああ、それは許可なく遥菜の部屋に入るのもどうかと思って俺が勝手にしたことだ。別に気にすることはないよ」

昨日、俺が遥菜を抱きしめたことは何も思ってないのだろうか。

遥菜に触れたときの甘い香りを思い出し、顔が熱を持ちはじめる。

「でも今日はお仕事だったのにお布団で寝ないと疲れも取れなかったですよね？　本当にすみませんでした」

やっぱり何も言ってこない。

遥菜の性格を考えるとそれを一番に言ってくるはずだが、もしかしたら抱きしめたことも、自分が泣いたことも何も覚えていないのかもしれない。

覚えていなくてよかったという俺と、少し残念だと思う俺が交互に顔を出す。

「じゃあそんなにすみませんと思うなら明日の夕飯のリクエストをしてもいいか？　明日の夕飯はこの間バーで食べたパスタとサラダにしてくれないか？　ちゃんと再現出来ているか俺がチェックするから。再現出来ていたら今回遥菜が泥酔して帰ってきたことは忘れることにしよう」

今の俺に出来ることはとにかく遥菜を元気づけることだ。

もうあんな風に泣かないように――。

そして笑顔でいられるように――。

遥菜はどこか嬉しそうに俺に笑顔を向けて頷いてくれた。

そして翌日。俺がリクエストした夕飯の材料を買いにスーパーへ行くと言ってきた遥菜のことが心配な俺は、「今日は寒いから」という理由をつけて遥菜についていくことにした。

遥菜を助手席に乗せ、少し遠くのスーパーまで車を走らせる。遥菜が隣に乗っていることで気持ちが満たされ、また視界に入ってくる遥菜の仕草が可愛くて堪らない。

俺は自然と緩んでくる頬を気づかれないように運転を続けた。

スーパーに到着し、カートを押す遥菜の後ろを着いて歩く。スーパーに来たのは本当に久しぶりのことだった。小さなころに母親と一緒に来た記憶があるくらいだ。

社会人になってからは仕事が忙しくて彼女は作らなかったし、唯一梨香子と付き合っていたときも、梨香子の仕事が夕方から始まることもあってほとんど外食だった。俺に食事を作ってくれたのは母親と家政婦のタキさんを除くと遥菜が初めてだった。

遥菜が色々と食材を選びながらかごに入れていく。

世の中の夫婦というのはいつもこんな風に買い物をしているのだろうか。

途中でソーセージの試食をさせられたり、何が食べたいか二人で会話しながら食材を決めたり、美味《おい》しそうな果物を一緒に選んだり……。

ただ俺が一緒にいるにもかかわらず、魚屋の店員が遥菜に対して遠慮もなく可愛いと口にしながら嬉しそうにしていたのには少々腹が立ったが、二人で買い物をするのはとても楽しく、またこういう時間を過ごしたいと願っている俺がいた。

買い物から帰ると遥菜はすぐに俺がリクエストした夕飯を作りはじめた。リビングにガーリックのいい匂いが漂ってくる。そして夕飯が出来上がったと言われて椅子に座ると、テーブルの上には湯気の立ったパスタと、爽やかな彩りのサラダ、そして先ほどスーパーで買ってきたマンゴーがさいの目状に綺麗に切られて並んでいた。

「なかなかいい感じじゃないか。見た感じは再現できているな」

俺の言葉に遥菜が嬉しそうな笑顔を見せる。

俺は早速フォークを手に取ると、まずはサラダの中のアスパラを刺して口に入れた。ほんのり塩味のついたアスパラがシャキシャキとしてドレッシングと合っている。

次に蟹《かに》と帆立のマリネを口に入れると、これもレモンの酸味と塩胡椒《こしょう》のバランスがちょうどよくてとても美味しかった。

やっぱり遥菜って料理が上手いよな。

俺が何も言わないので遥菜が心配そうにチラチラと俺の表情を窺っている。きっと早く感想を言ってほしいのだろうけれど、不安そうに何度も俺の顔を見ているのが可愛くて、俺はまた少し意地悪をしてみたくなった。

感想を伝えないまま、次にしらすとキャベツのパスタを口に入れる。これはパスタのゆで加減も、ガーリックと塩分とオイルのバランスも全て完璧だった。悔しいが両方ともきちんと再現できている。

遥菜は先ほどからパスタをクルクルと巻いては皿に戻し、口に入れようとしてはまた皿に戻すという作業を繰り返していた。このまま無言で食べ続けたら遥菜はどんな反応をするのだろうとパスタを口に運んでいると、遥菜の顔が段々と曇り始めた。

これはそろそろ感想を言わないと……。

少し焦った俺はフォークを置いて険しい表情を作り、込み上げてくる笑いを悟られないように口元に手を当てた。遥菜が神妙な顔をして俺を見つめている。

「ごめん……。ちょっと意地悪しすぎた……」

我慢できず吹き出した俺に遥菜が首を傾《かし》げた。

「旨い。本当に旨い。きちんと再現できているよ。すごいな遥菜！」

遥菜は一瞬呆然としたあと、すぐに嬉しそうな笑顔を見せた。

「ほんとですか？　再現できていましたか？　あー、よかった……。私、本当に心配だったんです。理人さん何も言ってくれないし、やっぱりだめだったのかなって」

顔を綻ばせて俺を見る遥菜が可愛すぎて、俺は無意識に「こんなに料理が上手いと遥菜とこのままずっと一緒にいたくなる」と口にしそうになり、慌てて言い直した。

「いや、本当にちゃんと再現できてるよ。このサラダも美味しいしパスタは本当に旨い。俺はこのペペロンチーノすごく好きだよ。遥菜は本当に料理が上手だな」

俺は何を言おうとしているんだ。

忘れるな。俺たちは契約結婚だ。

だから遥菜も了承してくれたんだ。

俺は遥菜に笑顔を向けつつ、必死で自分の気持ちを押し殺していた。


遥菜が酔いつぶれて帰ってきてから数日後、大和建設のパーティーで挨拶を交わしたスノーエージェンシーの町田という男性からアポイント依頼のメールが送られてきた。用件はデザイン集を見てもらいたいという内容で、俺が「三日後の十六時なら」と日程を指定して返信をすると、すぐにその日に伺うと返事が戻ってきた。

そしてアポイント当日、町田が指定した時刻にやってきた。

「綾瀬常務、本日はお時間を作っていただきありがとうございます」

俺の前に立ち、礼儀正しく完璧な笑顔で挨拶をする。

外見は軽薄そうな雰囲気だが、営業らしく社交的で迅速に対応する行動力は持ち合わせているようだ。

「アポイントの日程が今日しか取れず申し訳ない」

「とんでもございません。こうしてお時間を作っていただいただけで十分です」

町田はにこやかに返事をするとさっそく鞄《かばん》の中からデザイン集を取り出した。

「こちらは全て弊社が今まで手掛けた広告になります」

さすが不動産広告をメインに作っている会社だけあって、興味を引くような斬新でデザイン性の優れた広告もあった。

「このデザイン集はご返却いただかなくて結構ですのでゆっくりとご覧いただいて、もしお気に召す広告がございましたら私にご連絡をいただけますでしょうか」

俺はひと通り目を通したあと「わかりました」と伝えると、町田は嬉しそうに笑顔を向けてきた。

デザイン集を受け取り用件は終了したのだが、俺はどうしてもこの町田に対して気になっていたことがあった。遥菜の様子がおかしいと感じはじめたのは、確かマンションの前でこの男に会ったあとからだ。それともうひとつ。遥菜の先輩が言っていたことが、ずっと心の中で引っかかっていた。

『実は少し前にちょっと嫌なことがあったらしくて……。昔遥菜に酷いことをした人がいたのですが、今回もまた酷いことを言われたみたいで……』

少し前というのはタイミング的にこの町田と会っていた時期と一致する。それに加えて俺は思い出したことがあった。契約結婚をするときに遥菜が言っていた理由だ。

『私は少し前に彼氏に浮気をされて酷い裏切りを受けました。今は男性を信じることがとても怖いですし、また同じように裏切られたらと思うと怖くて恋愛はできません』

もしかして遥菜が会社を辞めたのはこの町田が理由だったのではないか。

町田が遥菜の彼氏だったとは考えたくはないが、この町田が遥菜にあんな思いをさせた原因の男性ではないのか。

そう考えた俺は少し探りを入れてみることにした。

「仕事の話とは関係ないんだがひとつ聞いてもいいだろうか。先日君と会ってから妻の様子が少し変なんだ。妻に聞いたら以前ある男性に酷いことをされて、最近もまたその男性に酷いことを言われたらしいんだ。もしかしてそれは君じゃないのか？」

すると町田は俺をしっかりと見つめ、きっぱりと否定した。

「桜井さんとは以前一緒に仕事をしておりましたが、それは私ではございません。おそらく違う方かと……」

堂々として全く動揺する素振りも見せない。だが俺は町田が一瞬だけ表情を変えたのを見逃さなかった。今度はもう少し核心に迫ってみようと深く追及してみる。

「実はどうしても気になって妻を問いただしたら、泣きながら君から言われたことを話してくれたんだ。妻は真面目すぎて魅力のない女性だ。そのうち俺も妻以外の他の女性に惹《ひ》かれ始めるとね」

その瞬間、町田の顔色が変わった。しかし町田はすぐにまた平静を装った。

「もしかしたら桜井さんは私が言ったことを勘違いされたのかもしれません。常務には大変申し上げにくいのですが、実は結婚のお祝いをお伝えしたときに桜井さんから相談されたんです。常務の周りには魅力的な女性がたくさんいるので心配だと……」

「遥菜が……妻が君にそんな相談を？」

「はい。それで私が『遥菜さんは真面目な性格だからあまり心配しすぎないようにね』と励ましたつもりだったのですが、おそらくそれを勘違いして受け取られたのかと。遥菜さんは昔から少し思い込みの激しいところがありましたので……」

町田の言葉を聞いて、俺は遥菜を傷つけたのはこの町田だと確信した。

なぜなら俺たちは契約結婚だ。

俺に興味のない遥菜が俺の女性関係について心配し、他人に相談することは絶対にあり得ない。それに町田も本当に言っていないのなら、こんな言い訳などせず自分ではないと必死で俺に訴えてくるはずだ。

自分よりも相手を配慮する心優しい遥菜のどこが思い込みが激しいというのか。

酔いつぶれて俺の腕の中で泣きじゃくっていた遥菜の姿が目に浮かんでくる。

遥菜を侮辱し傷つけた町田に対して沸々と怒りが湧き上がってきた。

「俺の妻に対して思い込みが激しいとは失礼ではないか？　それに妻のことを遥菜と呼んでいいのは夫である俺だけだ。気軽に名前で呼ばないでもらいたい。不愉快だ」

感情は抑えているものの俺の口調が変わったことで、町田は即座に態度を変えて謝ってきた。

「もっ、申し訳ございません」

「もう結構だ。そのデザイン集を持って帰ってもらえないか」

「あ、あの、綾瀬常務……」

「俺の妻を侮辱し、さらには俺のことまで侮辱する人間とは一緒に仕事をすることはできない」

俺の言葉に町田は完全に落ち着きを失い、黙り込んでいる。その顔を見て俺はパーティーの数日後に送られてきたメールを思い出した。

「これは君が俺に送ってきたのか？」

俺は印刷してあったメールを手帳から出し、鋭い視線で町田を睨みながら机に置いた。そのメールの内容を見た町田が目を見開き、大きく首を振る。

「違います。私は決してこのようなメールは送っていません。確かに遥菜さん……いえ桜井さんには酷いことを言ったかもしれません。ですがこのメールは決して送っていません。本当です。信じてください」

町田は先ほどとは打って変わって必死になって俺に訴えてきた。

「俺の妻を散々傷つけておいて信じてほしいだと？　『桜井遥菜は男性関係が派手で、同時に複数の男性とも平気で付き合うだらしのない女性だ。そんな女性と結婚した俺は騙されている。今すぐにでも結婚を考え直した方がいい』だと？　言っておくが妻の苗字が桜井だと知っているのは君と佐山さん、そして君の婚約者だけだ。それに俺のメールアドレスを知る人間も限られている。妻のことを知っている人間で俺のアドレスを知っているのは佐山さんと君だけだ」

「綾瀬常務、本当にそれは私ではありません。信じてください。本当です！」

「君でないのなら残るのは君の婚約者だろう。妻と仲が良かったと言いながら妻の周りにはいつも男性がいたと俺にわざわざ伝えてきたくらいだからな」

「あの、綾瀬常務……」

「次に再び妻を傷つけるようなことがあればもう容赦はしない。婚約者にもきちんと伝えておくんだな。それからスノーエージェンシーとは今後一切取り引きを停止する。後ほど佐山さんに連絡を入れておくからそのつもりで」

俺の逆鱗《げきりん》に触れた町田はデザイン集を手に持つと、真っ青になって逃げるように応接室から出て行った。町田が帰ったあとも腹立たしくて怒りが収まらない。

「遥菜をあんな目に遭わせやがって！」

俺がこんなにも腹立たしいということは、遥菜は相当つらかったはずだ。

できることなら優しく抱きしめてやりたい。
でも俺にいったい何ができるというのか――。
俺は大きな息を吐きながらテーブルに拳を打ちつけた。

最初で最後のデート

どういうわけか綾瀬さんは私が酔いつぶれて帰って来てからとても優しくなった。

いや、最初から優しい人だったけれど、あの日からもっと私を気遣ってくれるようになった感じがした。

休日には車でスーパーに買い物に連れて行ってくれたり、毎日遅い帰宅だったのが早く帰って来るようになり、平日の夕飯も一緒に食べることが多くなった。

こんなに優しくされると綾瀬さんも少しは私に好意を持ってくれているのではないかと勘違いしそうになる自分もいたりして、私はこの結婚が偽りの結婚だということを忘れてしまいそうになっていた。

幸せな時間が増えていくたびに綾瀬さんのことがますます好きになっていく。

このまま時間が止まってしまえばいいのに――。

綾瀬さんからの愛情は望まないからずっとそばにいさせてほしい――。

そんな気持ちが膨らむ一方で、気づいたら契約終了の日は刻々と近づき、綾瀬さんが最初に言っていた言葉が私の心を大きく締めつけていた。

『君は俺に興味がないだろ？』

『俺は一年後に別れられる女性と結婚がしたいんだ』

そう、綾瀬さんが私を契約結婚の相手として選んだのは、一年後にきちんと離婚できる女性を求めていたからだ。私が綾瀬さんに対して全く好意を持っていないという理由で。だからどんなに望んでも綾瀬さんが私を好きになることはないし、私には綾瀬さんと離れる以外選択肢は残されていないのだ。

私は契約終了日までこの気持ちは絶対に隠し通そうと改めて強く心に誓った。

契約終了まで二カ月を切った平日の朝。朝食に用意しておいた炊き込みご飯のおむすびを食べていた綾瀬さんが私の名前を呼んだ。

「遥菜、今週の日曜日だが一日空けておいてもらえないか」

綾瀬さんがこんなお願いごとをするのは珍しい。

「何か夫婦で出席する行事があるのですか？」

もしかして綾瀬さんの妻を演じるイベントでもあるのかと思い尋ね返すと、綾瀬さんからは思ってもみなかった言葉が返ってきた。

「いや、もうすぐ俺たちの契約が切れるだろ？　こうして遥菜に食事を作ってもらったり、パーティーにも出席してもらったからお礼がしたいと思ってな」

にっこりと微笑んでくれる柔らかな笑顔は私の大好きな表情だ。一度でいいからその笑顔を思う存分眺めてみたいと思ってしまう。

だけど、綾瀬さんの口から『俺たちの契約が切れる』という言葉を聞いて、胸が締めつけられるほどに痛くなってしまった。

「お礼なんて大丈夫です。私も好きでごはんを作らせてもらっていたし、パーティーはこの契約結婚をするときの約束ですし。それより理人さん、最近は日曜日もずっとお家で仕事をされていますよね？　少し身体を休められたらどうですか？」

綾瀬さんはここ最近は日曜日もパソコンを開いて仕事をするようになっていた。どうやら早く家に帰ってくるようになったことで、日曜日に溜まった仕事を処理しているようだった。

「この忙しさはあと一、二カ月くらいだから大丈夫だ。それより俺が遥菜にお礼をしたいんだ。だから日曜日、遥菜の時間を俺にくれないか？」

にっこりと微笑む綾瀬さんに、私は「わかりました」と笑顔で小さく頷いた。

そして日曜日の朝。

窓の外は快晴で、絶好の行楽日和《びより》というくらい雲一つない青空が広がっていた。

綾瀬さんからは九時に出発すると言われていたので、朝食をすませたあと急いで準備を始める。どこに行くのかは聞いていないけれど、綾瀬さんと一緒に過ごせるのなら少しでも可愛いと思ってもらいたい。

私はいつもよりも華やかなアイメイクをしてピンク色の口紅を引き、髪の毛を巻いてふんわりとさせると、クローゼットの中からウエストにリボンがついたドッキングワンピースを手に取った。上は白いレーススタイルのノースリーブで、下はふんわりと広がる水色のフレアスカートだ。少し胸元の透け感が気になるけど大人っぽく見せるためにもこのくらいで大丈夫だと判断して、カーディガンを羽織ってリビングへと移動した。

リビングでは既に支度を終えた綾瀬さんがソファーに座って待っていた。細めの黒いパンツに、ネイビーのシャツ。胸元の開けられたボタンの中からは男らしい色気と白いインナーが見え隠れしている。

うわぁ、かっこいい。モデルみたい！

「遥菜、準備できたのか？」

見惚れていた私の視線に気づいた綾瀬さんがそのまま無言になった。ひと言も発することなく、じっと私を見つめている。

もしかして変？　いつも通りの服装の方がいいのかな？

「すみません。すぐに着替えます」

綾瀬さんと一緒に過ごせるという嬉しさから気合いが入り過ぎてしまったようだ。不安になって部屋に戻ろうとすると、立ち上がった綾瀬さんが私の腕を掴んだ。

「そのままでいい。可愛らしいと思っただけだ。行くぞ」

かっ、可愛らしい？

瞬く間に胸がドキドキとし始め、急激に顔が熱くなってくる。

綾瀬さんは知っているのだろうか。「可愛い」という一言で私はすぐに綾瀬さんの魔法にかかってしまうことを。

嬉しすぎて綻んでしまう顔を必死で隠しながら私は綾瀬さんの車に乗った。

運転を始めた綾瀬さんは高速に乗り、どうやら西の方へと向かっているようだ。

「理人さん、今からどこに行くんですか？」

「まだ行先を言ってなかったな。これから箱根《はこね》にドライブに行こうと思ってるんだ。もし遥菜の行きたい場所があればそこでもいいけど」

箱根にドライブと聞いて私は飛び上がるほどに嬉しくなってしまった。綾瀬さんは私へのお礼だと言っていたけれど、私にとってこれは綾瀬さんとのデートだ。幸せすぎて胸が高鳴り始める。

「箱根には行ったことがないのでぜひ行ってみたいです！」

「遥菜は箱根には行ったことがないのか。どこか行ってみたいところはあるか？」

「初めてなのでどこでもいいんですけど、美術館がたくさんあるって聞いたことがあるので美術館には行ってみたいです」

答えながら笑みがこぼれて止まらない。綾瀬さんの車に乗って彼女のように行きたい場所が言えるなんて本当に夢みたいだ。

「美術館か。そうだな、ポーラに、ラリックに、成川《なるかわ》、ガラスの森、彫刻の森……。他にもまだあると思うが、遥菜はどこに行きたい？」

「できればガラスの森美術館に行ってみたいです。前に美里《みさと》さんからすごく綺麗だったって聞いたことがあって……」

「美里さんって遥菜の先輩だったよな。じゃあガラスの森美術館に行ってみるか。実は俺も箱根の美術館は初めてなんだ」

　そう言って微笑んだ綾瀬さんは箱根に到着するまでの間、色々と自分のことを話してくれた。

　就職した当初、昔から大好きだったこのフェラーリを購入するのが夢だったそうだ。だけどいくら自分が働いたお金で購入したとしても、実力が伴っていないと外野からは「御曹司《おんぞうし》だから購入できたんだろう」と言われてしまう。そのため誰にも文句を言わせないように、とにかく不動産について猛勉強して仕事をしたそうだ。そして常務に昇進する前の年に念願のフェラーリを購入したということだった。

「やっとこの車が買えたときには嬉しくてな。今までの努力の結晶というか、俺が仕事を頑張ったという証明書のような気がして」

　本当に嬉しそうに話してくれる綾瀬さん。その顔を見ているだけで私も幸せになる。

「車を買うまでに十年近くかかっているんですよね？　夢に向かって頑張って仕事をするって、簡単なようで誰でもできることじゃないし、相当の努力が必要だと思うんです。だから本当に尊敬しちゃいます」

「そんな風に言われると照れるんだが……。だがこの車には思い入れが深くてな」

「理人さんの大切な車に乗せてもらえて私も嬉しいです。ありがとうございます」

　最初は音が大きくて派手な車だと思っていたけれど、この車には綾瀬さんの努力や頑張りがたくさん詰まっている。そんな思いを聞かせてもらったうえに、その車に何度も乗せてもらえていたなんて幸せで堪らない。私は綾瀬さんに気づかれないようにフェラーリのドアにずっと手を当ててその思いを一緒に感じていた。

高速は渋滞することもなく車は順調に走り、十時半過ぎにはガラスの森美術館に到着した。駐車場に車を停《と》めて降りると、綾瀬さんが突然こんなことを言い出した。

「なあ遥菜。今日は本当の夫婦みたいに過ごしてみないか？」

「本当の夫婦……ですか？」

首を傾げながら綾瀬さんの顔を見る。

「俺たちはずっと偽りの夫婦として過ごしてきただろ？　だがもう終わりが近づいている。一度くらい本当の夫婦みたいに振舞ってみてはどうかと思ったんだ。俺もこの結婚が終わればまた一人に戻るし、きっとこれから結婚することもない。だから最後にそういうのも味わってみたくてな」

綾瀬さんの言っていることはわかったけど、いったいどうしたらいいのだろう。

今だって結婚指輪はしているし、他人から見れば本当の夫婦のように見えるはずだ。普通に会話もしているし、これ以外にどう振舞えば本当の夫婦に見える？

綾瀬さんに触れたり手を繋いだりしてみたいけど、そんなことは言えないし……。

「理人さん、本当に夫婦のように振舞うってどうしたらいいんですか？」

斜め上に視線を向けて綾瀬さんを見つめていると――。

「だからこういうことだ」

そう言って綾瀬さんは私の右手を掴み、手を繋いだ。

うそっ？　綾瀬さんと手を繋ぐの？

信じられない出来事に私はどうしていいのかわからなくなった。

綾瀬さんとこんな夢のようなデートができるだけでも嬉しくて堪らないのに、手を繋いで過ごせるなんて胸のドキドキが止まらない。繋いだ手から伝わってくる綾瀬さんの体温が幸せな鼓動をどんどん増加させていく。

驚きと嬉しさと恥ずかしさで暴れ出した心臓を必死で抑えながら綾瀬さんに手を繋がれて歩いて行くと、受付でチケットを購入した綾瀬さんが私の方へ振り向いた。

「遥菜、これがチケットだって」

自分の目元に仮面の形をしたチケットを当てる綾瀬さんに思わず吹き出してしまう。

「理人さんがこんなことをしちゃうなんて面白すぎです。でもかっこいい人は仮面を着けてもかっこいいんだなって思っちゃいます」

もう楽しすぎて笑顔が止まらない。

「遥菜も似合うと思うぞ」

そう言って今度は私の目元に手に持っていた仮面のチケットを当ててくれる。

「ヴェネチアに行って本場の仮装をしたらもっと似合うだろうな」

ヴェネチアに綾瀬さんと行くなんて現実には絶対あり得ないことだけれど、妄想の世界なら許されるはず……と、頭の中でそっと思い描いてみる。

再び綾瀬さんと手を繋いで中に入ると、目の前に素敵な景色が飛び込んできた。

「うわぁ、素敵！」

中の庭園はチケットと同じイタリアのヴェネチアをイメージした造りになっていて、ヨーロッパ風の建物やガラスで彩られたオブジェや花が飾られていたり、大きな池には噴水やキラキラと輝く橋があったり、またゴンドラを思わせるような手漕《こ》ぎボートが浮かんでいたりと、これも水の都と言われるヴェネチアを想像させていた。

まるでガラスの魔法にかけられたような美しい庭園だ。

「あっ、可愛い。あそこにカモの親子がいる！」

「理人さん、この橋にかかっている光の回廊がすごく綺麗です」

「わぁぁ、この橋のガラス、太陽の光に反射して七色に見えます。虹みたい！」

あまりにも庭園が素敵すぎて、私は目に入ってくるもの全てに興奮して綾瀬さんに話しかけていた。

「遥菜、そこの橋の回廊のところに立って。写真撮るから」

綾瀬さんが写真を撮ると言って、私を橋の真ん中に立たせようとする。

「いや……写真はいいです……」

「さっき夫婦のように振舞うって約束したよな。写真を撮るからそこに立って」

仕方なく橋の真ん中に移動すると、綾瀬さんが手を振りながら「撮るぞ」と言って携帯で写真を撮った。そのとき私はふと考えてしまった。

だったら私も綾瀬さんの写真が欲しい——。

夫婦のように振舞うなら、私も一枚くらいお願いしてもいいよね？

「理人さん、私も写真を撮ります。夫婦だと普通お互いが写真撮りますよ……ね？」

綾瀬さんは夫婦のように振舞うために写真を撮ったのだけど、私は綾瀬さんの写真が欲しいだけだ。目的が違うので最後の方は声が小さくなってしまった。

「別に構わないが遥菜は何でそんなに真っ赤になっているんだ？」

綾瀬さんが両手で私の頬を挟んで自分の方に向ける。不意に顔があげられ、私は恥ずかしくてどうしていいのかわからなくなってしまった。

「そんなに写真を撮られるのが恥ずかしかったのか？　遥菜は可愛いな」

人差し指でちょんっと私のおでこに軽く触れると、綾瀬さんは橋の真ん中に移動してくれた。私のこと可愛いって……。

ドキドキと音を立てる心臓と一緒にその場に立ちすくんでいると、橋の中央に移動した綾瀬さんが私に手を振ってきた。

「遥菜、この辺でいいか？」

「はっ、はい。大丈夫です。じゃあ理人さん写真撮りますね。はいチーズ……。あっ、すみません。上手く撮れなかったのでもう一回いいですか？」

私はわざと失敗を装い、綾瀬さんの写真を二枚撮ることに成功した。

自分の携帯の中に綾瀬さんの写真があることが嬉しくて仕方がない。契約終了後、綾瀬さんのそばを離れてもこの写真があれば、きっと頑張れるはずだ。

続いてミュージアムショップに入ってみると、ヴェネチアングラスやクリスタルガラス、アクセサリーやガラス小物など、可愛いガラス製品が飾られていた。

「遥菜、今までのお礼に何かプレゼントしたい」

綾瀬さんがピアスやネックレスを見ながら私に尋ねる。

「いいです。そんな……」

私が断るとまた意地悪っぽい視線が飛んできた。

「遥菜、俺と約束したこと忘れてないよな？」

至近距離で顔を覗き込まれ、思わず視線を下に落としてしまう。

「そんな可愛い顔してもだめだ。何がいい？　好きなものを選んで」

こそっと耳元で囁《ささや》かれ、その降りかかる吐息に思わず身体が甘く震えた。

どうしてこんなにドキドキさせるようなことばかりするの？

困ったように綾瀬さんに視線を送ると楽しそうに微笑んでいる。おそらくこの顔はまた私に意地悪をしてその反応を見て楽しんでいるに違いない。私は小さく息を吐くと、アクセサリーとは違う小さなコンポート皿を指さした。

「だったらこの可愛いお皿がいいです」

このお皿があれば、お別れの日まで綾瀬さんの好きなフルーツをのせて朝食に出すことができる。今日のこのデートを毎日思い出しながら……。

　綾瀬さんは不思議そうな顔をしながらも、私が指さしたレース模様の緩やかな曲線を描いたコンポート皿をプレゼントしてくれた。

　そして次にレストランへ移動していたとき、綾瀬さんが突然立ち止まった。

「遥菜、こっちに誓いの鐘というのがあるらしい。ちょっと行ってみないか？」

『誓いの鐘に通じる小径』と書かれた案内板の下には遊歩道があり、ここも散策コースになっているようだ。少し足元が危うい階段を綾瀬さんに手を引かれながら下りていくと、ヴェネチアで作られたという誓いの鐘が見えてきた。

「なあ遥菜、一緒にこの鐘を鳴らしてみないか？」

　紐《ひも》を指さして私を見る綾瀬さんに「はい」と笑顔で頷く。紐を掴んだ私の両手を包み込むように綾瀬さんが手を重ねた。

「遥菜、誓いの鐘というくらいだから何か二人で誓おうか？　遥菜は何を誓う？」

「そうですね……。これからも笑顔で頑張る……かな」

　綾瀬さんに笑顔を向けながら心の中の想いとは全く違う言葉を口にする。

　本当はこんなことが誓いたいんじゃない。

　もっともっと違うこと――。

「じゃあ、せーので引っ張って鳴らすぞ。ちゃんと誓うんだぞ。いいか？　せーの」

　二人で一緒に紐を引っ張ると、とても涼やかな綺麗な音色が鳴り響いた。

リーンゴーン――。

リーンゴーン――。

一瞬、本当の結婚式を綾瀬さんと二人で挙げている錯覚に陥った。

そして鐘が鳴り響いている間、私は心の中で別の誓いを立てて願いごとをした。

『綾瀬さんの邪魔にならないように誓います。だからもう少しだけ、もう少しだけ綾瀬さんのそばにいさせてください』

誓いの鐘を一緒に鳴らして、庭園内のイタリア料理が味わえるレストランに入り、テラス席に座って素敵な景色を見ながら食事をした。綾瀬さんはその後も私に意地悪をしては楽しそうに笑い、私が拗《す》ねると優しく頭に触れて微笑み、他の人が近くを通るたびに私を自分の方へと引き寄せて守ってくれた。

朝から何度も「可愛い」と甘い笑顔を向けられ、そしてこんなにも優しくされると、今日は本当の夫婦のように振舞っているだけだと何度も自分に言い聞かせても、もしかしたら綾瀬さんも私に好意を持ってくれているのではないかと勘違いしそうになる自分を元に戻すのが大変だった。

ガラスの森をあとにして、次は海賊船に乗るために芦ノ湖《あしのこ》に向かった。海賊船と名前がついているだけあって本当に海賊が乗っていそうな船だ。

ゆったりとした時間が流れる中、窓際の席に二人で座って景色を眺める。綾瀬さんは椅子に座ったあとも本当の夫婦を演じるべく私の手を握ってきた。

「遥菜、少しデッキにあがってみようか？」

頷いて一緒にデッキにあがると息を呑むような壮観な景色が広がっていた。太陽の光が湖面に反射して眩しいくらいにキラキラと輝き、晴れ渡った青空と山の緑のコントラストがとても美しい。そして少し先には綺麗な富士山も見えた。

「理人さん、富士山が見えます！」

小さな頃から見慣れていた富士山だけど、久しぶりに目にしたことで思わず指をさしてはしゃいでしまう。

「遥菜、富士山をバックに写真撮るからそこに立って」

綾瀬さんが嬉しそうに微笑みながらまた写真を撮ろうと私を立たせる。

「写真は撮ったからもういいんじゃないですか？」

「さっきは美術館の写真だろ。今度は船の上の写真だ。あんまり端っこに行くなよ。落ちたらいけないからな」

「子供じゃないんだから落ちません！」

頬を膨らませて綾瀬さんを睨んだ瞬間、『カシャ――』とシャッター音が鳴った。

「えっ？　うそっ？　今の撮ったんですか？」

「ああ、よく撮れてる。遥菜の拗ねた可愛い顔がな」

写真を確認しながらククウッと楽しそうに笑っている。

「ちょっと理人さん、その写真は消してください」

「だめだ。せっかくの俺のベストショットを消そうとするなんて酷い奥さんだよな」

おっ、奥さんって……。

私が「奥さん」という言葉にドキドキしている間に、綾瀬さんは素早く携帯を自分の鞄の中にしまいこんだ。よりにもよってあんな写真を……。

せめて笑っている写真ならまだよかったのにと落ち込んでいると、綾瀬さんが私の顔を覗きこんできた。

「そんな拗ねないでくれ。そんなにあの写真を消してほしいのか？」

綾瀬さんに向けて大きく頷き、早く消してと訴えるように視線を送っているのに、綾瀬さんは今にも吹き出しそうな顔をして私を見ている。そしてとうとう我慢ができなくなったようで、はははっと笑いだした。

「ごめん。遥菜の反応見ていたら、つい可愛くて意地悪してしまうんだよな」

まるで小さな子供でもあやすように「俺が悪かった」と笑って私の頭を撫でると、私の手を引いてデッキの手すりのそばまで移動した。そしてデッキで並んで景色を見るのかと思ったら、いきなり後ろから包み込むように私を抱きしめた。

「りっ、理人さん……」

突然の出来事に一瞬にして写真のことは頭から消え去り、心臓が激しく動き出す。

「なあ、箱根の景色って綺麗だよな」

綾瀬さんは私の問いかけには答えず、後ろから私だけに聞こえるように耳元で囁いた。綾瀬さんの柔らかい吐息が耳元にかかり、身体に甘い電流が走る。そして今度は私を抱きしめたまま、顔を首に近づけて大きく息を吸い込んだ。首元に触れそうで触れない唇に、どうしても身体が反応してしまう。

「前も感じたけど、遥菜って抱きしめると甘い香りがするんだよな」

低く掠《かす》れた声で囁くこの言葉が、綾瀬さんに抱かれている淫らな自分を想像させた。それに加えて背中にぴったりとくっついた綾瀬さんの身体と、爽やかでほのかにスパイシーな香りが、増長させるように私の身体を火照らせる。

綾瀬さんに抱かれたい——。

私を抱いてほしい——。

うわっ、綾瀬さんの前でこんな恥ずかしいことを考えるなんて……。

「あっ、あの、理人さん……。人が見ています」

慌てて口を開いたことで声が上ずってしまう。だけど綾瀬さんは全く気にもせず、また私の耳元で囁いた。

「見たい奴らには見せつけてやればいい。俺たちは夫婦なんだ」

今日はそういう約束をしたけれど……。

こんな風に抱きしめられると心がすごく揺さぶられてしまう。

もう綾瀬さんのことが好きで堪らなくて、気を抜くと気持ちが溢《あふ》れ出しそうになる。

「こうしていると安心するよな」

綾瀬さんが本気とも冗談とも取れるような言葉を呟《つぶや》いた。

今日で綾瀬さんに触れられることも触れることも終わってしまうのなら、最後に私も綾瀬さんに触れてみたい。

そして胸の前に回された綾瀬さんの腕を私も両手でそっと掴んでみた。綾瀬さんが驚いたようにビクッと身体を動かす。私は綾瀬さんにもっと触れてほしくて、その腕を少しだけ胸の膨らみに引き寄せた。

いつから私はこんな大胆な女性になったのだろう。

でも、少しでもいいから私を一人の女性として感じてほしかった。

気の迷いでもいいから抱いてみたいと思ってもらいたかった。

本当の夫婦になりたい――。

叶《かな》うことのない願いを遠くに見える鳥居に心から祈った。

だけど綾瀬さんはそれ以上私に触れることはなく、かといって嫌がって引き離すこともしなかった。

もしかして気づいてないのだろうか。

それとも清貴《きよたか》が言っていたようにやっぱり私には魅力がないのだろうか。

魅力的な女性として見てもらえないことが私を深く落ち込ませる。はしたない欲望を抱いた自分がとても恥ずかしくて惨めな気持ちになった。

私たちはしばらくの間、そのままで船上から景色を眺めていた。

せっかく海賊船に乗ったのに、綾瀬さんに抱きしめられたことで緊張して平静を失ってしまった私は、自分から大胆なことをしたわりには記憶が曖昧で、それ以降のことはほとんど何も覚えていなかった。気づいたらクルーズが終わっており、綾瀬さんが腕時計を見てそろそろ帰ろうかと微笑んだ。

さっき箱根に着いたと思ったばかりなのに、どうして楽しい時間はこんなにも早く過ぎていくのだろう。車に乗り込んだ私は窓に映る景色を見つめながら、朝からの出来事を思い返していた。

綾瀬さんの想いが詰まったフェラーリに乗って楽しく会話をしながら箱根に向かい、一緒にガラスの森美術館を見て歩いたこと。

『本当の夫婦みたいに過ごしてみないか？』と言われ、綾瀬さんと手を繋いだり、写真を撮ったり、一緒に鐘を鳴らしてみたり、そして美味しいイタリアンのコース料理を食べたこと。

海賊船では綾瀬さんの意地悪に少し拗ねてしまったけれど、デッキの上で後ろから優しく抱きしめられたこと。

今日綾瀬さんと一緒に過ごした時間は一生忘れることのない私の大切な宝物だ。

幸せな時間が終わってしまったことが悲しくて落ち込んでいると、綾瀬さんがハンドルを握ったままチラリと私に視線を向けてきた。

「遥菜、これから一度マンションに戻って車を置いてから食事に行こうと思うんだがいいか？　鉄板焼きを予約してあるんだ」

これでデートは終わりだと思っていたので、まだ綾瀬さんとデートの続きができると思うと嬉しくて堪らない。瞬く間に顔が綻び、笑顔で「はい」と頷く。だけど次の言葉で、私は怖くなってしまった。

「今日が終わるまであと八時間あるだろ？　まだ本当の夫婦として過ごさないといけないからな」

本当の夫婦として過ごせるのは残り八時間。八時間後にはこの幸せな時間が終わり、あとは契約終了へと向かう日々になる。できることならもう一度朝に戻って、最初から綾瀬さんとデートをやり直したい。

そしたらもっともっといろんなことができるのに――。

マンションに到着すると綾瀬さんはコンシェルジュにタクシーを依頼して、マンションからほど近い馬車道《ばしゃみち》にあるレストランへ連れていってくれた。目の前のカウンターでシェフがお肉やお魚を焼いてくれるスタイルのお店だ。

カウンター席に綾瀬さんと並んで座り、綾瀬さんがシャンパンを注文すると、目の前のフルートグラスにキラキラと弾《はじ》ける小さな泡が立ち上がった金色のシャンパンが注がれた。

「遥菜、乾杯しようか。本当にいろいろありがとな」

綾瀬さんがグラスを持ち、私のグラスに近づける。

少しだけカチンと音を鳴らして、二人で一緒にグラスに口をつけた。

「わぁ、このシャンパン美味しい！」

甘い香りとさっぱりとしたバランスでとても美味しいシャンパンだ。口当たりがよくて、気をつけないと飲み過ぎてしまいそうになる。

「遥菜、今日は酔っぱらっても大丈夫だからな。俺が連れて帰ってやるから」

綾瀬さんがにやにやと意地悪そうな顔を向けてきた。

「もうあんなに飲みません……っていうか、料理を再現したら忘れてくれるって確か理人さんそう言いましたよね？」

シャンパンを飲んだせいか少し気持ちが大きくなり、そんなことを口走ってしまう。

「そうだったか？　そんな約束したかな？」

「しましたよ！　忘れてくれるって言ったのに！」

そんな言い合いをしていると最初の料理が運ばれてきた。ガーリック風味の洋風茶《ちゃ》碗《わん》蒸しの上に、ホクホクとしたユリ根がのっている。

「コンソメとガーリックでこんなに美味しい洋風の茶碗蒸しができるんだ！」

拗ねていたことはすっかり忘れ、あまりの料理の美味しさに思わず綾瀬さんに笑顔を向けてしまう。

「確かにこれは旨いな」

美味しそうに食べる綾瀬さんの姿にますます笑顔が溢れてきた。

色鮮やかな野菜とヒラメのマリネや、玉ねぎと濃厚なチーズ、とろとろのフランスパンが入ったオニオングラタンスープ、トリュフがのった鮑《あわび》のバター醤油《じょうゆ》焼、そしてメインのステーキはサーロインとフィレを注文し、二人でシェアをして食べた。

綾瀬さんと顔を見合わせて食べる料理は本当に美味しくて幸せだった。

もうお腹《なか》がいっぱいと言いながら、最後のガーリックライスとしじみのお味噌汁までいただき、ラウンジに移動してデザートまで食べたときには、もうお腹がはち切れそうなくらいになっていた。

「綾瀬さん、ごちそうさまでした」

テーブルで会計をしている間、綾瀬さんにお礼を言う。

「今まで遥菜が俺にしてくれたことに比べたらこんなの何でもないよ。少しは喜んでもらえたのなら嬉しいが」

「今日は朝からすごく楽しかったし、ごはんもとっても美味しかったです。本当にありがとうございました」

「遥菜が喜んでくれたのなら良かったよ。じゃあ、車を呼んでもらって帰るか」

綾瀬さんがにっこりと微笑む。そこで私は勇気を振り絞って綾瀬さんに最後のお願いをしてみた。

「理人さんお願いがあります。お腹がいっぱいなのでタクシーじゃなくて歩いて帰ってもいいですか？」

これで本当に最後だ。

マンションまでの道を綾瀬さんと一緒に歩いて帰りたい。

ドキドキしながら視線を向けると、綾瀬さんは快く頷いてくれた。

そしてお店を出た私たちは家まで歩いて帰ることにした。

せっかくだから海沿いの道を歩いて帰ろうと、二人で手を繋いで夜道を歩いていく。

結構距離があると思っていたのに、あっという間にマンションが目の前に見えてきた。

マンションの前にある山下《やました》公園で一度止まり、二人で海風にあたりながら遠くに見える横浜ベイブリッジを見つめる。

「マンションから見る景色とここから見る景色だと、やっぱり違いますね」

「そうだな。こんな風にのんびり歩くこともなかったから、ある意味新鮮だよな」

いつの間にか繋いでいた手が離され、綾瀬さんの手は私の肩に回されていた。

お酒が入っていることもあり、少しだけ私も綾瀬さんの肩に頭を寄せてみる。

このまま時間が止まればいい――。

段々と欲張りになっていく私がいた。

「遥菜、少し座るか？」

綾瀬さんに手を引かれ、二人で近くのベンチに移動して座る。そしてまた肩に手が回され、綾瀬さんの方に優しく引き寄せられた。

「ありがとな、遥菜。俺の理不尽なお願いのせいでつらいことも多かったと思うのに。

本当に感謝してる」

「私の方こそありがとうございました。嫌なことがあって会社を辞めてつらかったこともあったけど、あっという間の一年で毎日がとても楽しかったです。綾瀬さんにこの提案をしてもらって良かったと思っています。本当にありがとうございました」

「それは俺が言うべきことだよ。遥菜のおかげでいろんなことに気づけたんだ。ありがとう」

そう言って私を優しく見つめ、柔らかく微笑んでくれる顔を見ていると、好きだという気持ちが溢れそうになる。

「綾瀬さん、ひとつだけお願いがあります。これからは仕事はほどほどにしてくださいね。少し働きすぎです。こんなに忙しいとそのうち倒れちゃいますよ」

「そうかな」

「そうです。毎日朝早くから夜遅くまで働いて私はすごく心配でした。だからもう少し身体を休める時間を作ってください。これはお願いです」

「それなら遥菜が……」

綾瀬さんが何か言いかけて途中でやめた。首を傾げて尋ね返す。

「えっ？　私が……？」

「あっ、いや……そうだな。俺ももう若くないしな」

「そんなことないですけど……。でも綾瀬さんにはずっと元気で幸せでいてもらいたいです」

もう近くにいることができないのなら、せめて元気で幸せでいてほしい――。

「なあ遥菜。さっきから呼び方が綾瀬さんに変わるのはどうしてだ？　わざとか？」

綾瀬さんが少し悲しそうな表情を見せる。全くそんな意識はなかったので、私は慌てて謝った。

「すみません。全然気づいていませんでした。もうすぐ理人さんとの生活も終わるから呼び方も綾瀬さんに戻さなきゃって思っていたからかな」

「終わりか……」

綾瀬さんがひとりごとのように呟く。

「せっかく誰にもバレなかったのに最後でバレちゃダメですもんね。ちゃんと気をつけます。すみませんでした」

綾瀬さんはそのまま何も言わず、前を向いて遠くの夜景を見つめた。月明かりと街灯からこぼれる光によって照らされた横顔がとても綺麗でじっと見惚れてしまう。

高くてスッとした鼻筋に男性らしいシャープな顎のフェイスライン。形のいい薄い唇に色気を感じ、また淫らな想像をしてしまう。

綾瀬さんはこの唇でどんなキスをするのだろう。

綾瀬さんにキスをされる女性がうらやましい。

綾瀬さんが過去に付き合った女性、そしてこれから愛するであろう未来の女性の存在に嫉妬してしまう。

私はその想像を打ち消すように前を向き、夜景を見つめた。

どのくらい時間が経っただろうか。

今までずっと黙っていた綾瀬さんが「遥菜」と私の名前を呼んだ。「はい」と返事をして顔を向けると、綾瀬さんが瞳を揺らしながらじっと私を見つめていた。吸い込まれてしまいそうな色っぽい視線で見つめられて急に胸がドキドキし始める。なのにどうしたのか綾瀬さんはまだ何も言ってくれない。

どうして何も言ってくれないの？

もしかして呼び方のことでまだ怒ってる？

「理人さん……あの、呼び方だったら私ほんとにちゃんと……」

最後まで言葉を言うことはできなかった。

綾瀬さんの顔が近づいてきたかと思うと、そのまま唇が重ねられた。

腕が背中に回され、強く抱きしめられる。

突然の出来事に最初は何が起こったのかわからなかった。

呆然としたまま、そのキスを受け入れてしまう。

夢を見ているのかと思った。

夢でもいい。夢なら覚めないでほしいと願っていた。

綾瀬さんの唇の感触を忘れないようにしっかりと自分に覚えさせたかった。

柔らかくて、少しひんやりとした唇。

最初は優しいキスだったのが、少しずつ角度を変えながら深くなっていく。

キスの意味はわからないけれど、私はすごく幸せだった。

嬉しくて幸せで胸がいっぱいで、気づいたら涙が溢れていた。

そして唇が離れ、綾瀬さんが私の顔を見た瞬間、焦ったように顔色を変えた。

「ごっ、ごめん、遥菜……」

口を開いたら「好き」と言ってしまいそうで、首を横に振ることしかできない。

「嫌だったよな。泣かせるつもりはなかったんだ。ごめん、本当にごめん……。俺、どうかしてた……」

嫌じゃない。嫌なんかじゃない。

嬉しくて涙が出てしまったのに。

ここで嬉しいと口に出したら、綾瀬さんはどう思うのだろう。

このキスの意味は何？

もしかして綾瀬さんも私のことを好きでいてくれているの？

それだったらどんなに幸せだろう。

だけど自分の気持ちを口にしてこの契約結婚が壊れてしまったらどうしよう。

一緒に過ごせるのはあと一カ月と少ししかないというのに、約束を守らなかったことでこの契約が期間を待たず終わってしまうのは絶対に嫌だ。

「ごめんな。今日は朝から本当の夫婦のように過ごしていたから、ついそんな気持ちになってしまって……。本当にごめん。俺、どうかしてた……」

自分の気持ちを言わなくてよかったという安堵感と、やっぱり綾瀬さんは私のことを好きじゃなかったという深い悲しみが心の中で入り乱れる。

「大丈夫です。ちょっとびっくりしただけです。泣いてしまってすみません。今日は十二時まで夫婦の約束ですから最後はキスくらいしますよね」

何でもなかったように微笑んで見せる。

綾瀬さんは申し訳なさそうに、だけどどこかつらそうで悲しそうな表情を私に向けて小さく頷いた。

お礼という名のデート ―理人―

遥菜との契約が残り二カ月を切った。

もうすぐ遥菜との生活に終わりが来る――。

でも俺はその現実を受け入れることができずに毎日を過ごしていた。

契約を取っ払って遥菜と本当に結婚がしたい。

遥菜を手放したくない。

遥菜のことが愛しいと思ってからは気持ちに歯止めがきかず、自分の想いを何度も遥菜に伝えようとした。

遥菜と最初に交わした契約が今の自分をこんなにも苦しめることになるとは、夢にも思っていなかった。

『期間は一年間。一年後にきちんと離婚する』

この条件だったから遥菜が俺との契約結婚を受け入れてくれたのだとしたら――。

想いを伝えて遥菜に拒否をされ、契約終了を待たずして一緒に過ごせる残り少ない時間を失ってしまうことが怖かった。そんなことをして俺がいない間に遥菜がマンションを出て行ってしまったらと考えると、何も行動を起こせずにいた。

とにかく俺は遥菜と一緒に過ごす時間を増やしたくて、毎日夕飯を共にするため早めに帰宅し、休日も一緒にスーパーに行って二人で買い物を楽しんだ。

仕事を終えて家に帰ると遥菜が待っていてくれるという安心感。

テーブルの上に温かい食事が用意されているという嬉しさ。

今まで結婚なんて何の価値もないと思っていた俺が、この温《ぬく》もりを永遠に壊したくないと願っていることに驚いてしまう。

遥菜と一緒に過ごす時間が増えたことで、遥菜ともっと恋人同士のような甘い時間を過ごしてみたいという思いが日増しに高まっていった。その願望を叶えるべく、俺はお礼という口実を使い、朝食の時間に遥菜をデートに誘ってみることにした。

「遥菜、今週の日曜日だが一日空けておいてもらえないか」

デートに誘うだけなのに、ここまで緊張したことがあっただろうか。

心なしか声が上擦ってしまいそうになり、必死で平静を装う。

「何か夫婦で出席する行事があるのですか？」

「いや、もうすぐ俺たちの契約が切れるだろ？　こうして遥菜に食事を作ってもらったり、パーティーにも出席してもらったからお礼がしたいと思ってな」

朝から俺に向けてくる笑顔が可愛くて、俺もつい笑顔で遥菜を見つめてしまう。

だが遥菜は笑顔のまま首を横に振った。

「お礼なんて大丈夫です。私も好きでごはんを作らせてもらっていたし、パーティーはこの契約結婚をするときの約束ですし。それより理人さん、最近は日曜日もずっとお家で仕事をされていますよね？　少し身体を休められたらどうですか？」

俺と出かけることが嫌なのか。

それとも俺を気遣ってくれているのか。

後者だと思いたいが、断られたことにかなりショックを受けている俺がいた。

だがここで引き下がれない。

俺はお礼という言葉を出してもう一度遥菜を誘った。

「この忙しさはあと一、二カ月くらいだから大丈夫だ。それより俺が遥菜にお礼をしたいんだ。だから日曜日、遥菜の時間を俺にくれないか？」

遥菜は戸惑ったような表情を見せながらも小さく頷いてくれた。

そして待ちに待った日曜日の朝がやってきた。

俺はこの日のためにとにかく業務をこなし、遥菜と思いっきり楽しむ時間を作った。

朝食を終え、早々と準備をしてソファーに座り、そわそわとしながら遥菜を待つ。

少しして支度を終えた遥菜がリビングのドアを開けて入ってきた。

「遥菜、準備できたのか？」

リビングに入ってきた遥菜の姿は、いつもよりも華やかなメイクに、ゆるくふんわりと巻かれた髪。少し透けたレースのブラウスの上にはカーディガンを羽織り、水色のスカートを合わせている。

なんだよ、この可愛さは……。

俺がじっと見つめていたことで遥菜は自分の服装が変だと勘違いしたのか、着替えると言って再び部屋に戻ろうとした。慌てて遥菜の腕を掴む。

「そのままでいい。可愛らしいと思っただけだ。行くぞ」

可愛らしいとつい口走ってしまったことに少し焦り、遥菜にそうっと視線を向けてみる。俺の気持ちがバレてしまっただろうか。

だが遥菜は別段変わった様子もなく、普通に俺の後ろについてきた。

地下に降りて車に乗り、すぐに車を発進させる。

ここ数日、デートの場所はどこにしようかと考えた末、箱根までドライブすることにした。車での移動なら遥菜と二人きりだ。誰にも邪魔されることもないし、遥菜を誰の目にも触れさせないで済む。俺だけの遥菜として安心できた。

車の中での会話から箱根が初めてだという遥菜の希望で、ガラスの森美術館に行くことに決めた。

こんなデートはいつぶりだろう？

いや、車で遠出をしてのデートなんて初めてじゃないか？

今までは食事をしたりショッピングをしたり、また映画に行ったり一夜を共にしたりというデートばかりだった。そういうデートもそれなりに楽しいと感じていたのだが、こんな高揚感は初めてだ。忙《せわ》しない心臓の音が俺の気持ちを高ぶらせる。

車は渋滞することなく順調に進み、ナビの時間通りにガラスの森美術館に到着した。

駐車場に車を停め、二人で降りる。

せっかくのデートだから遥菜と手を繋いで歩きたい。

でもどうやって手を繋ぐ？

普通の恋人同士のように手を出して繋ぐことができれば簡単だが、今の俺たちには理由が必要だ。俺にとっては間違いなく「デート」なのだが、遥菜にとっては俺に「お礼」と言われてこうして付き合ってくれているだけだ。

こんなにも好きで可愛くて触れたくて仕方がない女性が目の前にいるというのに、どうしてその当たり前のことができないのだろうか。

自分の気持ちを伝えられないことにもどかしさを感じてしまう。

そして何かもっともらしい理由はないかと考えた結果、俺は本当の夫婦を装うことを思いついた。さっそく遥菜に提案してみる。

「なあ遥菜。今日は本当の夫婦みたいに過ごしてみないか？」

「本当の夫婦……ですか？」

「俺たちはずっと偽りの夫婦として過ごしてきただろ？　だがもう終わりが近づいている。一度くらい本当の夫婦みたいに振舞ってみてはどうかと思ったんだ。俺もこの結婚が終わればまた一人に戻るし、きっとこれから結婚することもない。だから最後にそういうのも味わってみたくてな」

俺が必死で考えた口実を、遥菜は真面目に聞き返してきた。

「理人さん、本当に夫婦のように振舞うってどうしたらいいんですか？」

首を傾げながら俺を見つめてくる顔が可愛すぎて堪らない。

「だからこういうことだ」

俺は抱きしめたくなる衝動を必死で堪えながら、遥菜の右手を掴んで手を繋いだ。

やっと遥菜と手を繋げた嬉しさで、顔がにやけていないだろうか。

こんな顔を見られて敬遠されても困るので、俺はなるべく遥菜に顔を見せないように受付でチケットを購入した。

「遥菜、これがチケットだって」

仮面の形をしたチケットを目元に当てて、顔を隠すようにおどけてみせる。

そんな俺を見て、遥菜はとても楽しそうに笑った。

「理人さんがこんなことをしちゃうなんて面白すぎです。でもかっこいい人は仮面を着けてもかっこいいんだなって思っちゃいます」

にここと笑う可愛い顔が俺にこの先の未来を想像させる。

俺は手に持っていた仮面のチケットを遥菜の目元にあてた。

「ヴェネチアに行って本場の仮装をしたらもっと似合うだろうな」

遥菜と新婚旅行でヴェネチアに行ってこんな風に笑い合うことができたら、どんなに幸せだろう。

できることなら頭で描いた情景を実現させたい――。

再び遥菜と手を繋いで中に入ると、目の前にはヴェネチアをイメージした美しい庭園が広がっていた。遥菜も気に入ったようで、子どものようにはしゃぎながら俺にキラキラとした笑顔を向けてくる。そんな遥菜を見ていると俺はどうしても遥菜の写真が欲しくなってしまった。

「遥菜、そこの橋の回廊のところに立って。写真撮るから」

普通に写真を撮らせてくれると思ったのに、遥菜は嫌だと言って首を横に振った。

純粋に写真を撮られるのが嫌なのか？

それとも俺に写真を撮られるのが嫌なのだろうか。

遥菜に好かれたいという思いから、どうしてもネガティブな考えが浮かんでしまう。

だがこれを逃せば二度と遥菜の写真は手に入らないかもしれない。

俺はまた「夫婦のように振舞う」というキーワードを出して、強引に遥菜の写真を撮った。遥菜の写真を手に入れたことで満足していると、遥菜が何か言いたそうに俺に視線を向けてきた。

「理人さん、私も写真を撮ります。夫婦だと普通お互いが写真撮りますよ……ね？」

恥ずかしそうに顔を真っ赤にして俺に伝えてくる。俺はただ遥菜の写真が欲しかっただけなのに、一生懸命本当の夫婦を演じようとしているようだ。こういう遥菜を見ていると本当に可愛くて仕方がない。

そしてランチをしようとレストランへ向かっていると、俺は『誓いの鐘に通じる小径』と書かれた案内板を見つけた。ヴェネチアのサンマルコ広場にある鐘と同じようなものがここにもあるのだろうか？

「遥菜、こっちに誓いの鐘というのがあるらしい。ちょっと行ってみないか？」

遥菜の手を引いて少し足元が危うい階段を下りて行く。すると紐のついた可愛らしい鐘が見えてきた。

「なあ遥菜、一緒にこの鐘を鳴らしてみないか？」

こんなこと、今までの俺だったら絶対に言わなかったはずだ。

もし彼女に一緒に鳴らそうと言われたとしても、嫌だと言って断っていただろう。

だけど遥菜が楽しそうに笑う顔が見たい。

紐を掴んだ遥菜の手を包み込むように、自分の手を重ねる。

「遥菜、誓いの鐘というくらいだから何か二人で誓おうか？　遥菜は何を誓う？」

「そうですね……。これからも笑顔で頑張る……かな」

これからも笑顔で頑張るとは真面目な遥菜らしい答えだよな。

「じゃあ、せーので引っ張って鳴らすぞ。ちゃんと誓うんだぞ。いいか？　せーの」

遥菜と一緒に紐を引っ張ると、とても涼やかで綺麗な音色が鳴り響いた。

リーーン　ゴーーン――。

リーーン　ゴーーン――。

そのときどういうわけか、教会でみんなに祝福された新郎新婦が幸せそうに歩いている光景が浮かんできた。その新郎新婦を俺と遥菜に置き換える。

そして俺は密《ひそ》かに遥菜の顔を見ながら誓いを立てた。

『遥菜を必ず幸せにすると誓います。だから遥菜と人生を共にさせてください』

どうか俺の想いが遥菜に届くようにと願いながら——。

それからレストランで食事をしたあと、次の行先を芦ノ湖に決めた。海賊船に乗って、箱根全体の景色を見てみようということになったのだ。

二人で海賊船に乗り、窓際の席に座って手を繋いだまま景色を眺める。

「遥菜、少しデッキにあがってみようか？」

俺は遥菜を誘い、船室を出て一緒にデッキにあがった。

天気がいいこともあり、箱根の雄大な素晴らしい景色が広がっている。

「理人さん、富士山が見えます！」

富士山を見つけた遥菜が嬉しそうに俺に顔を向けてきた。そんな楽しそうにはしゃぐ遥菜を見て、俺は遥菜に出逢えたことに心から感謝していた。

「遥菜、富士山をバックに写真撮るからそこに立って」

俺が再び写真を撮るというと、またしても遥菜は嫌がり首を横に振った。

「写真は撮ったからもういいんじゃないですか？」

「さっきは美術館の写真だろ。今度は船の上の写真だ。あんまり端っこに行くなよ。

落ちたらいけないからな」

「子供じゃないんだから落ちません！」

冗談で言っただけなのに頬を膨らませて怒る顔がまた何とも可愛い。

『カシャ――』

こっそりと写真を撮ろうとしたのにシャッター音で遥菜に気づかれてしまった。

「えっ？　うそっ？　今の撮ったんですか？」

「ああ、よく撮れてる。遥菜の拗ねた可愛い顔がな」

「ちょっと理人さん、その写真は消してください」

そんなに嫌なのか遥菜は早く消してと訴えるように俺を睨んでいる。

「そんな拗ねないでくれ。そんなにあの写真を消してほしいのか？」

睨みつける顔も俺にとっては可愛いだけなのに。

笑いが堪えきれなくなった俺は拗ねる遥菜の機嫌を取るように頭に触れた。

「ごめん。遥菜の反応見ていたら、つい可愛くて意地悪してしまうんだよな」

まだ頬は赤く染まっているものの、今度は恥ずかしそうに瞳を揺らし始める遥菜。

そんな顔されたら可愛すぎて抱きしめたくなるだろ――。

朝から何度も遥菜に触れてしまったことで、俺はどうしても抱きしめたい衝動を抑えることができなくなってしまった。遥菜の手を引いてデッキの手すりのそばまで移動する。そして後ろから包み込むように遥菜を抱きしめた。

「りっ、理人さん……」

身体をビクッとさせた遥菜が驚いた声をあげる。

俺は聞こえないふりを装い、遥菜だけに聞こえるように囁いた。

「なあ、箱根の景色って綺麗だよな」

遥菜の頭に自分の頬をくっつけ、気づかれないように髪の毛にそっと口づけてみる。

そのまま遥菜の顔を向けてキスをしてしまいそうになり、俺は慌てて大きく息を吸い込んだ。遥菜の甘い香りが媚薬《びやく》のように俺の身体に入っていく。

遥菜は今どう思っているのだろう。

嫌がらないということは俺に少しは好意を持ってくれているのだろうか。

そんなことを考えていると遥菜が慌てたように声を発した。

「あっ、あの、理人さん……。人が見ています」

「見たい奴らには見せつけてやればいい。俺たちは夫婦なんだ」

なあ遥菜。俺はお前が大好きなんだ。

このままずっと遥菜と一緒にいたいんだ。

契約なんか無しにして遥菜も俺のことを好きになってくれないか——。

こんな風に素直に気持ちを伝えられたらどんなにいいだろう。

だが遥菜の気持ちがわからない以上、残り少ない大切な時間を自ら壊すことは絶対にしたくない。なんとか気持ちが届いてほしいと願いながら遥菜を抱きしめる。

こうして抱きしめる温もりに安心している俺がいた。

すると遥菜が突然両手で俺の腕を掴んだ。腕を解《ほど》かれてしまうのかと思い身体がビクッと反応してしまう。しかし次に遥菜がとった行動は俺が思いもしなかった驚くべきものだった。なんと俺の腕を自分の身体にくっつけるように引き寄せたのだ。

そして腕から伝わってくる感触に、俺は瞬く間に冷静さを失った。

思考が停止し身体が固まってしまう。

腕が、俺の腕が……。

柔らかくて弾力のある膨らみ。

間違いない。遥菜の胸がしっかりと俺の腕に当たっている——。

遥菜を好きだと自覚してから、もっと遥菜に触れたいとは何度も思ったが、性的なことだけは頭から排除するように、考えないようにして過ごしていた。

同じ屋根の下に住んでいる俺にとっては拷問のような毎日になるからだ。

こいつ、わかってるのか？

いや、写真を撮るだけで顔を赤くするくらいだ。

きっと無意識に決まっている……。

俺はとにかく腕から気を逸《そ》らし、反応しようとする身体を必死で抑え込みながら、動くこともできず、ただ景色を見るふりをして遥菜をずっと抱きしめていた。

クルーズを終えて時間を確認した俺は横浜に戻ることにした。夜は遥菜と外で食事がしたいと思い、鉄板焼きの店を予約してあったからだ。一度マンションに戻って車を置き、馬車道のレストランへ向かう。

一年間遥菜と一緒にいたというのに、どうして俺はもっと遥菜と出かけようとしなかったのだろう。今日一日が楽しすぎたことで遥菜と食事をしながらそんな後悔ばかりが押し寄せてきた。

食事が終わり会計をしている間、遥菜が今日のお礼を言ってきた。

「綾瀬さん、ごちそうさまでした」

綾瀬さん？

急に呼び方が変わったことに気になりながらも、おそらく言い間違いだと思い直して返事をする。

「今まで遥菜が俺にしてくれたことに比べたらこんなの何でもないよ。少しは喜んでもらえたのなら嬉しいが」

「今日は朝からすごく楽しかったし、ごはんもとっても美味しかったです。本当にありがとうございました」

「遥菜が喜んでくれたのなら良かったよ。じゃあ、車を呼んでもらって帰るか」

喜んでくれたことが嬉しくて遥菜の顔を見つめていると、遥菜が珍しく俺にお願いごとをしてきた。

「理人さんお願いがあります。お腹がいっぱいなのでタクシーじゃなくて歩いて帰ってもいいですか？」

ここからだと二十分近くはかかるというのに、遥菜は疲れてないのだろうか。俺が構わないと答えると遥菜が嬉しそうに頷いたので、マンションまで歩いて帰ることにした。せっかくだから海沿いの道を歩いて帰ろうと遥菜を誘う。

時折通り抜ける海風を身体に感じながら遥菜と手を繋ぎ二人で歩いた。マンションの前の山下公園で止まり、遠くに見える横浜ベイブリッジを見つめる。

「マンションから見る景色とここから見る景色だと、やっぱり違いますね」

「そうだな。こんな風にのんびり歩くこともなかったから、ある意味新鮮だよな」

繋いでいた手を放し、遥菜の肩を抱き寄せる。遥菜は歩き疲れたのか、俺に少しだけ頭を寄せてきた。このままマンションに帰るのが惜しくて俺は遥菜の手を引いてベンチに座り、もっと遥菜を感じていたくて再び肩に手を回して引き寄せた。

「ありがとな、遥菜。俺の理不尽なお願いのせいでつらいことも多かったと思うのに。本当に感謝してる」

「私の方こそありがとうございました。嫌なことがあって会社を辞めてつらかったこともあったけど、あっという間の一年で毎日がとても楽しかったです。綾瀬さんにこの提案をしてもらって良かったと思っています。本当にありがとうございました」

「それは俺が言うべきことだよ。遥菜のおかげでいろんなことに気づけたんだ。ありがとう」

そう、俺はこの結婚で初めて知ることができた。

本当に相手を愛おしいという気持ち。

愛する女性を守り、幸せにしたいという想い。

愛する人が家にいるという安心感と温かさ。

全て遥菜のおかげだ。

「綾瀬さん、ひとつだけお願いがあります。これからは仕事はほどほどにしてくださいね。少し働きすぎです。こんなに忙しいとそのうち倒れちゃいますよ」

「そうかな」

「そうです。毎日朝早くから夜遅くまで働いて私はすごく心配でした。だからもう少し身体を休める時間を作ってください。これはお願いです」

それなら遥菜がこのまま俺のそばにいてくれたらいい――。

この先も俺のそばにいてほしい――。

そう言いかけて、俺は慌てて言い直した。

「あっ、いや……そうだな。俺ももう若くないしな」

「そんなことないですけど……。でも綾瀬さんにはずっと元気で幸せでいてもらいたいです」

遥菜は優しい女性だ。俺のことをただ気遣ってくれているだけなのに、これ以上俺のわがままでまた遥菜を振り回すのか？

そして俺は先ほどからひとつ気になっていたことがあった。食事を終えたあとから遥菜が俺のことを「綾瀬さん」と呼び始めたのだ。最初は言い間違いなのかと思っていたけれど、何度か「綾瀬さん」と呼んでいる。夕方まではきちんと「理人さん」と呼んでくれていたのにどうしてなのだろう。

「なあ遥菜。さっきから呼び方が綾瀬さんに変わるのはどうしてだ？　わざとか？」

俺はどんな言葉が返ってくるのか緊張しながら遥菜の顔を見つめた。

「すみません。全然気づいていませんでした。もうすぐ理人さんとの生活も終わるから呼び方も綾瀬さんに戻さなきゃって思っていたからかな」

終わる――。

遥菜の口からその言葉を聞いたことで、俺の中で何かが壊れ始めた。

遥菜からこの関係が終了だと宣告されたようで、そのあと遥菜が何を話したのかは全く頭に入ってこなかった。

遥菜を手放したくない。

遥菜が他の男性を愛するなんて考えたくない。

俺だけのものに、俺だけの遥菜にしておきたい。

「遥菜」

俺は名前を呼んだ。

俺は遥菜が好きだ――。

俺のそばから離れないでほしい。

そう言ったら遥菜は頷いてくれるだろうか。

じっと顔を見つめる。

もう限界だった。何も考えられなかった。

気持ちを伝えるよりも先に身体が動き、遥菜の唇を塞いでぎゅっと抱きしめる。

遥菜が抵抗してこないことに、遥菜も同じ気持ちだったんだと勘違いした俺は、遥菜を求める気持ちが強くなり、キスに激しさを増していった。

こんなにも幸せで緊張したキスはあっただろうか。

時折漏れる吐息と遥菜の唇の感触が俺をさらに興奮させ、今まで抱えていた想いを溢れさせていく。

だが、唇を離した瞬間、俺は遥菜の顔を見て言葉を失った。

自分の取った行動が過ちだったということに気づいたからだ。

「ごっ、ごめん、遥菜……」

遥菜は涙を流していた。

その涙を見て、俺はとんでもないことをしてしまったと青ざめてしまう。

「嫌だったよな。泣かせるつもりはなかったんだ。ごめん、本当にごめん……。俺、どうかしてた……」

泣きながら首を横に振る遥菜。

自分の欲望を優先させたことが、泣かせるまで遥菜を傷つけていたとは夢にも思わなかった。

「ごめんな。今日は朝から本当の夫婦のように過ごしていたから、ついそんな気持ちになってしまって……。本当にごめん。俺、どうかしてた……」

本当の夫婦のように過ごしていたから――。

そんな取ってつけたような理由を言い訳にして遥菜に謝る。

お願いだから俺のことを嫌いにならないでくれと願いながら……。

「大丈夫です。ちょっとびっくりしただけです。泣いてしまってすみません。今日は十二時まで夫婦の約束ですから最後はキスくらいしますよね」

涙を流しながらも微笑んでくれることが申し訳なくて堪らない。

でもその言葉と笑顔に救われている俺がいた。

遥菜に嫌われることだけは免れた……。

それだけが救いだった。

ほっとすると同時に俺は申し訳なさを感じながら小さく頷いた。

突然の試練

綾瀬さんと一緒に過ごす日もとうとう残り一カ月となった。

そろそろ引っ越しの準備も始めないといけないと思いながらも、私の心は落ち込み、綾瀬さんのそばから離れることを考えるだけで涙が滲む。

綾瀬さんはみなとみらいのオフィスビルのプロジェクトが本格的に動き出したようでいつも以上に忙しさが増し、疲れた顔をして食欲もあまりないようだった。

帰ってくる時間もまた遅くなり、夕飯も一緒に食べることができなくなってしまった。一緒に過ごす時間が少なくなるのはとても寂しかったけれど、顔を見ると離れるのがつらくなるので、私はこれで良かったのだと自分に言い聞かせて過ごしていた。

今日もあまり体調がよくないのか用意した朝食にほとんど手をつけず、デザートのシャインマスカットを数粒ほど口に入れた綾瀬さんが申し訳なさそうに顔を向けた。

「ごめんな。せっかく朝食を用意してくれたのにあまり食欲がなくて……」

「気にしないでください。それよりかなり体調が悪そうですけど大丈夫ですか？」

「少し身体がだるいだけだ。あとで薬を飲んでおくよ。それよりな遥菜。折り入って話があるんだ。契約のことで……」

どこか少し言い難そうな表情で私を見る。

「引っ越しのことですよね。今月末にはここから出られるように準備しておきますので大丈夫です」

「いや、そういう話じゃなくて遥菜に聞いてもらいたいことがあるんだ。日曜の夜、俺の話を聞いてくれないか?」

重要な話なのかいつものように微笑むことなく、とても真剣な顔を私に向けている。私は何の話か気になりながらも綾瀬さんの顔を見て「わかりました」と頷いた。

綾瀬さんが仕事に出かけたあと、私は気持ちを奮い立たせるように家事を始めた。ここで家事をすることもあと一カ月もすれば終わってしまう。

綾瀬さんはこのあとどうするつもりなのだろう。

新しい家政婦を雇うつもりなのだろうか?

他の人がここで家政婦の仕事をするなんて嫌で堪らない。

できることなら前と同じ週三日でもいい。通いでいいからここで綾瀬さんの家政婦として働きたい。

だけど私は嘘でも綾瀬さんの妻になった。離婚したあとに元妻が家政婦として働くなんて、綾瀬さんの家族や私の両親が許してくれるはずがない。そんなことをしていたらどうして離婚したんだということになってしまう。私はもう二度と綾瀬さんと一緒にいることはできないのだ。

掃除と洗濯を終えた私は携帯で賃貸マンションの検索を始めた。

綾瀬さんからはこの契約結婚をするときに慰謝料として綾瀬不動産が所有するマンションを渡すと言われていたけれど、私はそれを断ろうと思っている。私にとってこの結婚は本当に幸せだったからだ。

たとえ契約上の結婚だったとしても、そのおかげでもう一度人を好きになれて、綾瀬さんからたくさんの優しさをもらった。こんなに幸せだったのに綾瀬さんから慰謝料代わりのマンションなんてもらえない。いや、綾瀬さんに負担をかけてまでもらいたくない。

これから再就職することも念頭に入れて、都内で一人でも生活できそうな賃貸マンションに引っ越そうと考えていた。気になる物件をチェックして明日にでも不動産会社を訪ねてみようとノートに書きだしてみる。かなり集中していたこともあって気がつくと時刻は十五時を過ぎていた。

「もうこんな時間？　ほんとに一日経つのが早いよね」

ここ一、二カ月、本当に時間が経つのが早かった。綾瀬さんとの別れが近づくにつれてどうしてこんなにも早く時間が経ってしまうのだろうか。

「食欲ないけどそろそろ冷蔵庫の整理もしておかないといけないよね……」

冷蔵庫に入っている作り置きのおかずや冷凍庫に小分けに保存してある食材も、ここを出る前までに全て処分しておかないといけない。

何が残っているか食材を確認しておこうと冷蔵庫の扉を開けた時だった。突然インターホンが鳴った。こんな時間にインターホンが鳴るなんて滅多にないことだ。宅配が届く予定はないし、ここに人が訪ねてくるなんてあり得ない。誰だろうと思いモニターを見るとなんと早川さんが映っていた。珍しい来訪者に通話ボタンを押すと早川さんの焦った声が聞こえてきた。

「奥様すみません、早川です。常務が仕事中に倒れられまして今病院で治療を受けていらっしゃいます。今日一日入院することになりましたので、着替えをご準備していただけないでしょうか」

「えっ？　理人さんが倒れた？　入院ってどういうことですか？」

綾瀬さんが倒れたと聞いてインターホン越しに大きな声を出す。

「高熱で倒れられまして、私はこれから病院に戻りますので」

「すぐに着替えを用意して下に降ります。早川さん、私も一緒に行かせてください。お願いします！」

私は綾瀬さんの着替えを用意すると急いでマンションの下に降りた。

「早川さん、理人さんは大丈夫なんですか！」

「今は治療を受けられているのでもう大丈夫だと思います。すぐに病院に向かいますので、とりあえず車に乗っていただけますか？」

心配と不安から涙がぽろぽろと溢れてきてしまう。

綾瀬さんに何かあったらどうしよう。

そんなの嫌だ。絶対に嫌だ。

後部座席で涙を流している私に早川さんがバックミラー越しに話し始めた。

「ここ最近常務の体調があまりよくなかったようなのですが、今日は朝から熱があったのを無理して仕事をされていまして……。椅子から立ち上がったところで立ちくらみから倒れてしまい、机で頭を打たれました。今病院で念のためCTの検査と点滴を受けられているはずです」

「朝、身体がだるいって言っていたのに。私がもっとちゃんと気づいていたら……」

そばにいて何も気づかなかった自分が許せなくて涙が溢れて止まらない。

「奥様のせいじゃないですよ。最近は特に仕事が忙しかったんです。今のプロジェクトが本格的に動きはじめて常務はいつも以上にこの仕事に力を入れていましたから、無理をしてでも仕事をされていたんだと思います。それに仕事の他に何か悩みごともあったようで……」

「悩みごと……ですか？」

「どのような悩みごとかは僕にはよくわからないのですが、ここ最近はずっと何か考えられているご様子でした」

綾瀬さんが悩んでいたことって何だろう。

私は一緒に生活していたのに全く気づかなかった。

早川さんでさえ綾瀬さんが悩んでいることを感じ取っていたというのに。

そういえば――と思い出す。

今朝、綾瀬さんは契約のことで折り入って話があると言っていた。

いったい何に悩んでいたのだろうか。後悔ばかりが押し寄せてくる。

病院に到着すると、綾瀬さんは既に検査を終えて病棟の個室の部屋で眠っていた。

お義兄《にい》さんの顔を見た途端、再び涙が溢れてしまう。

「遥菜さん心配だったよね。もう大丈夫だよ。CTも異常はなかったし点滴と薬のおかげで少しずつ熱が下がってきたところだ。悪かったね。心配をかけて」

「こちらこそすみません。私が一緒にいながら理人さんの体調に気づけなくて……」

こんなことになってしまったことが申し訳なくて、頭を下げながらぽろぽろと涙が落ちてくる。

「遥菜さんのせいじゃないよ。ちょうど今、プロジェクトが本格的に動き始めてね。かなり忙しかったんだ。理人は遥菜さんが気づいていたとしても無理をして仕事をしていたと思うよ。それよりもこんなに遥菜さんに心配かけて、目を覚ましたらしっかりとお灸《きゅう》を据えておかないとな」

お義兄さんは私が気にしないように優しく微笑み、泣いている私の肩に触れた。

そして社長であるお義父《とう》さんに連絡してくると言ってお義兄さんが病室を出て行ったあと、私は綾瀬さんのおでこに手をあててみた。思っていた以上に熱が高い。こんなに熱があったのに仕事をしていたなんて。

今朝は特に体調が悪そうだったのに、身体がだるいと聞いていたのに、どうしてもっと気遣うことができなかったのだろう。食欲だってほとんどなかったのだ。身体も相当つらかったはずだ。綾瀬さんを気遣えなかった自分に腹が立ってくる。

私が代わってあげられたらいいのに……。

そう思いながらそっと手を握る。私が両手で握っても溢れてしまう大きな手だ。

この手に頭を撫でられ、顔を挟まれ、頬に触れてキスをされ、抱きしめられた。

あなたのことが好きで好きで堪らない。

だから綾瀬さん、早く元気になって――。

少しして、綾瀬さんの指がピクッと動いた。

「理人さん？　理人さん？」

不安でどうしようもなくて眠っている理人さんに声をかけてしまう。すると私の声が聞こえたのか、ゆっくりと目が開いた。

「理人さん！」

「常務！」

早川さんもベッドの近くに来て綾瀬さんの名前を呼んだ。

「ああ、早川か……。ここは……どこだ……？」

ぼうっと視線をさまよわせながら理人さんが早川さんに尋ねる。

「ここは病院です。高熱から常務が仕事中に倒れたんです。本当に心配しましたよ。

奥様、僕はちょっと先生に連絡してきます」

早川さんはそう言うと急いで病室から出ていった。綾瀬さんが目を開けてくれたことが嬉しくて堪らない。

「理人さん心配しました。こんなに体調が悪かったのに気づかなくてごめんなさい。朝、身体がだるいって言ってたのに……。でも本当によかった」

「心配かけてごめんな……」

首を横に振りながら嗚咽《おえつ》を抑えるように口元を手で覆う。

綾瀬さんは手を動かし、私の頬に流れる涙を指で拭ってくれた。

「そんなに泣くことないだろ……。どうしたんだ？　俺はもう大丈夫だから。泣くな、梨香子……」

最後の言葉を聞いて驚いて綾瀬さんの顔を見る。

いっ、いま、りかこって言った？

ううん。きっと、私の聞き間違いだよね？

綾瀬さんは優しい顔をして私を見つめてくれている。

するとドアが開き、白衣を着た先生とお義兄さんたちが入ってきた。先生が綾瀬さんの胸の音を聞き、顔色や目の状態を診察していく。

「今のところ問題なさそうですがまだ熱も高いですし、頭を打たれていることもありますので今日はこちらに入院していただきます。明日もう一度診察をして何も異常がなければ退院していただいて大丈夫です」

先生と看護師さんが病室から出て行ったあと、お義兄さんが安心したように綾瀬さんのそばに行った。

「理人、本当に心配したんだからな。こんなに熱が高かったのに無理しやがって。みなとみらいの件は順調に進んでいると聞いているから少し身体を休めろ。大事なところは俺が引き継いでおくから」

「いや、順調に進んでいるがもう少し話を詰めておかないと心配なんだ……。横浜で最も付加価値の高いオフィスビルにするためには……利便性はもちろん免震システムによる安全性の確保や室内環境についてももう一度確認して内容を詰めておきたいんだ……。だから俺がやる。この熱が下がれば大丈夫だから……」

さすが仕事のことに関しては責任感の強い綾瀬さんだ。副社長のお義兄さんが引き継ぐと言っても譲らない。高熱のせいか苦しそうに話しているけれど、しっかりとお義兄さんに訴えている。

「何を言ってるんだ！　お前遥菜さんがどれだけ心配したかわかっているのか！　こんなに遥菜さんを泣かせておいて。これは親父の、社長命令だからな」

「大丈夫だって言ってるだろ……。あのプロジェクトは俺が前からやりたかった仕事なんだ。だから俺がやる……。なあいいだろ？　それより兄貴、遥菜って誰だよ……」

綾瀬さんがお義兄さんに尋ね、お義兄さんと早川さんが驚いた顔をして私を見た。

「お前何を言ってるんだ？　ここに遥菜さんがいるじゃないか」

「兄貴こそ何を言ってるんだよ……。こいつは梨香子だろ？」

綾瀬さんが怪訝《けげん》そうにお義兄さんの顔を見て、私に視線を移す。

やっぱりさっきの言葉は聞き間違いじゃなかったんだ。

綾瀬さんが口にした「梨香子」という名前は、初めて私が綾瀬さんと会ったとき、私のことを誰かと間違えて呼んだ名前だ。

「誰のことを言ってるんだ？　この人は遥菜さんだ。お前の奥さんの遥菜さんだろ！」

「奥さん……？　なあ梨香子。俺たち結婚したのか……？」

お義兄さんと早川さん、私の中で嫌な予感が頭の中を巡り始める。

「おい理人、俺は、俺は誰だ？　こいつはわかるか？」

お義兄さんが顔色を変えて綾瀬さんに自分と早川さんを指さして聞く。

「何を言ってるんだよ。兄貴に早川だろ。急にどうしたんだ……？」

「じゃあ親父の名前は？　俺の妻の名前はわかるか？　俺の子どもたちの名前は覚えているか？」

お義兄さんが緊迫した表情で綾瀬さんに尋ね、綾瀬さんが多少面倒な素振りを見せながらもお義父さんやお義兄さんの家族の名前を間違えることなく答えていく。

「なあ兄貴、さっきから何なんだ？　どうしてこんなこと聞くんだよ……」

「わかった。じゃあ最後にもうひとつだけ答えてくれ。お前、彼女と結婚しただろ？彼女は誰だ？」

お義兄さんが私に手のひらを向ける。

みんながじっと見つめる中、綾瀬さんが不機嫌そうに口を開いた。

「兄貴、いい加減にしてくれよ……。こいつは梨香子だよ。それに俺はまだ結婚していない。そんなこと兄貴だって知っているじゃないか……」

お義兄さんはひとこと「悪かった」と口にすると、早川さんに視線を向けた。

「早川悪い、俺と遥菜さんは少し出てくる。戻ってくるまでここにいてもらえるか？」

お義兄さんはそう言うと私を連れてナースステーションに向かった。

おそらくお義兄さんも私と同じ見解のはずだ。綾瀬さんは頭を打ったことで私のこと、いや結婚したこと自体を忘れてしまっているようだ。

記憶喪失――という言葉が頭の中に浮かび上がる。

お義兄さんがナースステーションで綾瀬さんの様子を伝えると、看護師さんがすぐに担当医に連絡をしてくれて先生がいる診察室に案内してくれた。

「では弟さん、綾瀬理人さんは結婚したことを忘れ、奥様のことを誰か別の人だと認識しているということですか？」

「そのようです。弟は義妹に向けて他の女性の名前を呼んでいました。先生、これはどういうことなのでしょうか？」

「ＣＴには異常が見られませんでしたし、先ほどの診察でもおかしなところは見受けられませんでした。しばらく様子を見てみないと何ともいえませんが、話の様子からするとおそらく解離性健忘ではないかと思われます」

「解離性健忘？」

「一種の記憶喪失です。記憶喪失にも色々ありまして、記憶全体を失《な》くされる方や記憶の一部を失くされる方、また綾瀬さんのように特定の人物だけの記憶を失くされてしまう方もいらっしゃいます。おそらく綾瀬さんの場合は系統的健忘ではないかと」

お義兄さんが険しい顔をして項垂《うなだ》れ、私の目からもぽろぽろと涙がこぼれてきた。

「それで弟の記憶はすぐに戻るのですか？」

「こればかりは何とも言えません。明日にでも戻る方もいらっしゃれば、一カ月後、いや一年、または五年や十年かけて戻る方もいらっしゃいます。何かきっかけがあって戻ったり、突然記憶がよみがえったり、患者さんによって様々です」

綾瀬さんが記憶喪失だなんて……。

どうして記憶喪失になってしまったの？

もしかして私ともっと早く別れたかったから？

「先生、どうして理人さんは記憶喪失になってしまったのですか？　もしかして私のことが嫌だったから？　だから記憶から消してしまいたかったのですか？」

気づいたら私は先生に泣きながら質問をしていた。

「一般的にストレスも原因のひとつだと言われています。綾瀬さんの仕事はかなり忙しかったとか。仕事の忙しさと体調不良、そして頭部に衝撃を受けたことが重なり記憶の一部を失ってしまったのではないかと考えられます。決して嫌だから記憶を失くしたということではありません。大切なご家族や忘れたくない人物の記憶を失くされる方が多いのも事実です」

お義兄さんが慰めるように私の肩に触れる。

「遥菜さん、理人は結婚して本当に幸せそうだった。理人の表情を見ていたらわかるからね。おそらく自分でも気づかないうちに多忙な業務がかなりのストレスになっていたんだろう。理人は絶対に遥菜さんのことを思い出すから。こんなつらい思いをさせて本当に申し訳ない」

お義兄さんの言葉に涙が溢れてきて嗚咽が止まらない。

「奥様もおつらいでしょうがご主人は頭部に衝撃を受けていらっしゃいます。CT検査では何も異常は見られませんでしたが、あとから何かしら症状が出てくる可能性もありますので、一緒に生活していてご主人の頭痛が強くなったり、吐き気や嘔吐《おうと》を催したり、眠ってしまってなかなか起きなかったり、手足のしびれを訴えたり、またいつもと違った行動を取った場合にはすぐに病院にお越しください。ストレスもひとつの原因ですので、仕事の量を少し軽減して、今はご主人に無理をさせたり記憶を思い出させるようなことは控えてください。脳に負担をかけてしまいますと別の記憶障害が出てもいけませんので」

先生の話に涙を流しながら頷く。

「遥菜さん、俺も会社で理人の様子には気をつけておくから、家での理人のことをお願いできるかな」

「きちんと理人さんの様子に気をつけておきます。泣いてしまってすみません」

「つらい思いをさせて本当に申し訳ない。理人の記憶が戻ったら俺がきっちり説教するから。こんなに遥菜さんを心配させて……」

「大丈夫です。理人さんの失った記憶が私のことでよかったです。もし仕事の記憶を失っていたらあんなに仕事を頑張っていた理人さんが一番つらいと思うから……。理人さんは本当に仕事が好きなんです。入社した時から人一倍努力されているんです。だから今までと同じように大好きな仕事ができるなら私はそのほうがいい……」

なんとか笑顔を作ってそう伝えると、お義兄さんはつらそうな顔をして頷いた。

病室に戻り、お義兄さんが綾瀬さんに声をかける。

「理人、先生と話をしてきたんだが、体調のことを考えて少し家で休んだ方がいいそうだ。親父には伝えておくから今週は休んで来週から出社しろ。わかったか？」

「熱が下がれば大丈夫だって言ってるだろ……」

「ここで無理をしてまた体調を崩したらどうするんだ？　他に迷惑がかかるだろ。プロジェクトの話を詰めるのは俺が予定を変更しておくから。これは命令だ」

お義兄さんがかなり強い口調で言い切ると、綾瀬さんは渋々頷いた。

「じゃあ俺たちは帰る。明日は早川が迎えにくるからな」

すると綾瀬さんが私の腕を引っ張った。

「梨香子、お前も帰るのか……？」

どう答えていいかわからず綾瀬さんの顔を見つめていると、お義兄さんが掴んでいた綾瀬さんの手を引き離した。

「彼女は連れて帰る。心配しなくても彼女は理人と一緒に生活しているんだ。明日になればまた会えるだろ」

「ほんとなのか？　梨香子、俺たち一緒に暮らしているのか……？」

嬉しそうに尋ねる綾瀬さんの言葉に私は複雑な思いで頷いた。

そして帰りの車の中でお義兄さんは何度も何度も私に謝り、頭を下げた。

マンションに帰ると、もう夜の九時を過ぎていた。

いつもならこの時間は一人だけれど、綾瀬さんが帰ってこないというだけで寂しくて不安で仕方がない。瞬く間に涙がぽとぽとと落ちてきてスカートを濡《ぬ》らしていく。

私はこの状況を一人で抱えておくことができなくて、鞄から携帯を取り出すと実家の電話番号をタップした。電話口から懐かしいお母さんの声が聞こえてくる。

「お、お母さん……」

安心したことで気が緩んでしまい、堰《せき》を切ったように涙が溢れ出した。すると泣いていることに気づいたお母さんの心配する声が聞こえてきた。

「遥菜？　どうしたの遥菜？」

「理人さんが……理人さんが……」

電話口で声を上げて泣きながら、怖さと悲しみと不安で言葉が続かない。

「遥菜、泣いていたらわからないでしょ。理人さんがどうしたの？」

「理人さんの記憶が……記憶がなくなっちゃったの……。私のこと全部忘れちゃったの……。理人さんのこと大好きなのに……私、理人さんが好きなの。お母さん、理人さんがこのまま記憶が戻らなかったらどうしよう……。そんなの嫌だよ……」

お母さんの前でこんなに取り乱して泣くのは子供の時以来だった。

「遥菜が理人さんのことを好きなのはよくわかったから。大丈夫、理人さんはちゃんと遥菜のことを思い出してくれるから。今からお父さんに代わるから、理人さんのこと詳しく話してみなさい」

私が泣いていることでお母さんまで涙声になっている。そして医者であるお父さんに代わり、電話口からお父さんの優しい声が聞こえてきた。

「もしもし遥菜か。どういうことなんだ？　詳しく話してごらん」

「今日の朝ね、理人さんの体調が悪かったの……。だけど会社に行って薬を飲むから大丈夫だって言って……。そしたら高熱で会社で倒れたらしくて、その時に頭を打ったって……」

込み上げてくる嗚咽を堪えながらなんとか声を出す。

「理人くんは病院には行ったのか？」

「熱が高いから今日は病院で一日入院してる。それにちゃんとCTの検査もしてもらったけど異常はなかったって……」

「それなら大丈夫だと思うが、頭を打った場合はあとから症状が出てくることもあるからな。それで記憶がなくなったとはどういうことなんだ？」

「理人さんね、私の記憶だけないの……。仕事のことも家族のことも全部覚えてる。だけど私の記憶だけ、私と結婚したことだけ覚えてないの……。お父さんどうして？どうして私の記憶だけなくなっちゃったの？」

私だけの記憶がないという現実が、綾瀬さんの記憶にさえも残したくないと言われているようで、私を悲しみのどん底に突き落とす。

「病院の先生は何とおっしゃったんだ？」

「記憶喪失じゃないかって言ってた……。ストレスも原因のひとつだから仕事が忙しくてストレスが溜まっていたんじゃないかって……。仕事のストレスなのにどうして私のことを忘れるの？　理人さんの記憶っていつ戻るの？　お父さん、このまま理人さんの記憶が戻らないなんてことないよね？　私のこと思い出してくれるよね？　私、何でもするから。だから教えて……」

涙腺が壊れてしまったのかと思うくらい涙は止まることなく溢れ続ける。

「こればかりはなんとも言えないんだ。仕事のストレスの他にも何か考えることや悩みごとでもあったのかもしれない。そのストレスと高熱、頭を打ったことが重なってしまったんだろう。記憶もすぐに戻る場合もあれば数年かかる場合もある。これも患者によって違うからわからないんだ。遥菜もつらいと思うが、理人くんも忘れたくて忘れたわけじゃない。これは記憶障害という病気なんだ。遥菜は理人くんの妻なんだからこういうときこそしっかり支えてあげることが大切だよ。今は身体を休ませて理人くんの好きなものでも作って、今までと変わらない生活を続けてあげなさい。そしたらきっと思い出すはずだから」

「お父さん……」

「つらいことがあったらどんなことでも聞くから電話しておいで。今は理人くんの脳に負担をかけないようにするんだ。無理に思い出させようとしたら理人くんも混乱するからな。お父さんも色々調べてみてまた連絡するから」

「うん……わかった……」

電話を切ると携帯の画面はぐっしょりと涙で濡れていた。両親に不安な気持ちを聞いてもらったことで、ほんの少しだけ気持ちが落ち着いた気がした。私は携帯をタオルで拭きながらお父さんの話の中でひとつ気になったことがあった。

『仕事のストレスの他にも何か考えることや悩みごとでもあったのかもしれない』

そういえば早川さんが病院に向かうときに「ここ最近はずっと何か考えられているご様子でした」と言っていたからだ。

やっぱり私に契約のことで話があると言っていたことだろうか？

それがわかれば何かの糸口にでもなりそうなのに、今となってはそれを確かめることもできない。

それにもうひとつ重要なことがある。

契約は今月末で切れるけれどこの状態では離婚することはできないということだ。綾瀬さんをこのままの状態で一人にはできないし、それにこの結婚が契約結婚だったということがバレたら困るからだ。綾瀬さんの記憶が戻るまではこの結婚を続けておかなければならない。

箱根の誓いの鐘で願ったことがこんな風に叶うなんて……。

『綾瀬さんの邪魔にならないように誓います。だからもう少しだけ、もう少しだけ綾瀬さんのそばにいさせてください』

綾瀬さんのそばにはいたいと願ったけれど、私のことを忘れられてしまうなんて考えてもいなかった。愛情はもらえなくていいと思っていたけれど、愛する人に自分を認識してもらえないことがこんなにつらいとは思わなかった。

もう一度でいいから綾瀬さんに「遥菜」と呼んでもらいたい――。

そしたら契約を破ったことを謝ってここから出ていこう。

私はそう決心すると自分を奮い立たせるように大きく息を吐いた。

愛する人のため

一夜明け、いつもと変わらない朝がやってきた。

昨晩は綾瀬さんのことが心配なのと、自分のことだけを忘れられてしまったというショックで、初めてリビングのソファーで一晩を過ごした。

綾瀬さんがいつも座っていた場所に身体を預け、少しでも綾瀬さんを感じていたかった。それに綾瀬さんのいない家で一人で過ごすという不安もあった。

綾瀬さんから離れる覚悟はしていたはずなのに、こんな状況になってあらためて綾瀬さんの存在が今まで以上に大きくなっていることに気づいてしまう。

時計を見ると七時過ぎだった。綾瀬さんがここに戻ってくるのはお昼前後になると聞いている。本当は早川さんと一緒に病院まで迎えに行きたかったけれど、綾瀬さんの脳の負担も考えて私はマンションで待つことにした。

綾瀬さんはどんな感じなのだろう。一晩経ったことでもしかしたら記憶が戻って私のことを思い出してくれているかもしれない。そんな期待を抱いてしまう。

綾瀬さんが帰ってくるまでに家事を済ませて近くのスーパーへ買い物に行き、リビングの窓から外を覗いて待っていると、十三時前になって綾瀬さんが戻ってきた。

インターホンが鳴り、モニターに早川さんに支えられた綾瀬さんの姿が見える。玄関のドアを開けて待っていると、エレベーターが開き、綾瀬さんと早川さんが現れた。

「理人さん……」

声をかけて綾瀬さんに触れると、綾瀬さんの身体はまだかなり熱かった。そのまま寝室へと運んでもらいベッドの上に座らせる。

「昨日ほどではありませんがまだ熱があるようです。僕は常務の荷物を取ってきます」

早川さんはそう言うと再び下へ降りていった。

「理人さん、大丈夫ですか？　そのままだと眠れないと思うので、これに着替えてもらえますか？」

用意しておいた着替えをベッドの上に置く。綾瀬さんは私の問いかけに頷いてはくれるものの、まだ身体がつらそうだ。少し屈《かが》みながら顔を覗きこむと、綾瀬さんが私の腕を掴んだ。

「なあ……シャツのボタンを……外してくれないか？」

そんなことを言われるとは思っていなかったので、私は一瞬言葉を失ってしまった。

「あの、わっ、私が……ボタンを外すんですか？」

「悪い……、頼む……」

身体がつらいのは百も承知だけど、綾瀬さんの身体に触るなんてそんなことできるわけがない。だけど綾瀬さんはますますつらそうな息遣いになった。これは早く寝かせてあげないと、綾瀬さんの体調が悪化してしまう。

「わかりました。じゃ、じゃあ、今からボタン外しますね」

私は綾瀬さんの前に膝立ちになり、シャツの胸元に手を伸ばした。綾瀬さんの顔がすぐ目の前にあることで緊張してしまい、手が震えてなかなか上手く外せない。

こんなところで意識している場合じゃないのに……。

何度も外し損ねながらやっとのことでボタンを外し終わると、私はほっとするように息を吐いた。

「理人さん、ボタン外しましたのでシャツを脱がしますね」

シャツを脱がすと、汗でインナーシャツがぐっしょりと濡れていた。

「うわっ、すごい汗……。理人さん、タオル持ってきます。待っていてください」

すぐに浴室へ行って洗面器にお湯を入れたあと、一緒にタオルを持って寝室に戻る。

「汗をかいているのでこのシャツも脱がしますね。少し手をあげてもらえますか？」

インナーシャツを脱がせると、今度は綾瀬さんの上半身が現れた。

初めて見る綾瀬さんの身体。

スーツや洋服の上からは全くわからなかったけれど、腹筋も割れて肩や腕の筋肉もしなやかで見惚れてしまう。その男性らしい身体つきに私は病人だということを忘れてドキドキしてしまった。綾瀬さんのことを意識しないようにと必死に自分に言い聞かせて身体の汗を拭いていく。そしてスウェットの上着を着てもらったところで私は止まってしまった。

ズボンはどうしたらいいの……。

ズボンだけは手伝ってほしいと言われても絶対に無理だ。どうしようかと考えていると、綾瀬さんがベルトに手をかけて外し始めた。私は慌てて綾瀬さんの脱いだシャツを持って寝室を出た。

「あー、緊張した……。急にあんなこと言うなんて……」

綾瀬さんの身体を触ったことや初めて上半身を見たことでドキドキが止まらない。

すると再びインターホンが鳴り、早川さんが綾瀬さんの鞄やスーツの上着などを持って現れた。

「奥様、少しよろしいですか？」

早川さんは家の中には入らず、私に廊下に出てくるように促した。

「常務ですがまだ熱があるようです。先生は二、三日したら落ち着くと言われていました。こちらが薬です。中に詳細が入っていますのでご確認ください。それと記憶のことですが、おそらく常務の記憶はまだ戻っていないようです。いつもなら車に乗ると奥様のお話をされたりするのですが、今日は一度も話されなかったので……」

早川さんも言いづらいのだろう。とても申し訳なさそうな表情を向ける。

「奥様、これだけは言わせてください。常務は仕事が忙しくて少し疲れていることで記憶を失くされているだけだと思います。だからあまり気を落とされないでください。

常務が奥様のことを想ってらっしゃるのは僕は他の誰よりもわかっていますから！」

早川さんは私を励ますためにそう言ってくれるけれど、綾瀬さんは早川さんの前で私と夫婦であることをずっと演じていたはずだ。だからこのことに関しては早川さんが騙されているだけなのだ。

「早川さん、ありがとうございます……」

私は笑顔を浮かべてそう返事をすると、早川さんに頭を下げた。

早川さんが帰り、再び寝室に様子を見に行くと、綾瀬さんは静かに眠っていた。じっと見ていても飽きないほどの綺麗な寝顔だ。こんな風に間近で見られることなんて二度とないチャンスなので、好きだという思いを溢れさせながら見つめてしまう。

すると綾瀬さんがゆっくりと目を開けた。

「理人さん、大丈夫ですか？　まだ身体はだるいですか？」

綾瀬さんはつらそうに頷いている。

「何か飲まれますか？」

そう尋ねると再び頷いてくれたので、私はすぐに冷蔵庫からスポーツドリンクを取り出して寝室に戻った。

「熱で水分と塩分の両方が出ていると思うのでこれを飲んでください。もう少し熱が下がったら他の飲み物でも大丈夫ですので……」

綾瀬さんが上半身を起こし、キャップを開けて飲み始めた。寝室にゴクッゴクッと飲む音が響き、その喉元の動きや色気を感じる男性らしい首筋にまたしても見惚れてしまう。

「理人さん、食欲はありますか？　お粥《かゆ》を作ってありますが……」

「もうこんな時間か……。薬を飲まないといけないし少しだけ食べようか……」

「わかりました。ではこちらに持ってきますね」

私はキッチンに行ってお粥を温め、冷蔵庫から切っておいたゴールデンキウイを取り出してお盆に乗せた。

「少し熱いので気をつけてくださいね」

少しでも食欲があることにほっとしながら食べている姿を見つめていると、突然綾瀬さんの手が止まった。

「梨香子……、いつから料理をするようになったんだ？」

気を抜いていたところに「梨香子」と呼ばれたことで、ショックと悲しみで胸の奥が急激に痛くなる。

「このお粥、すごく旨い……」

綾瀬さんはそう言うと、またスプーンを持ってお粥を食べ始めた。

美味しいと言われたことは嬉しいけれど、やっぱり記憶はまだ元に戻っていないのだとわかり、落ち込んでしまう。「旨かった」と言って空になったお茶碗を渡してくれたので、私は次にキウイを乗せたお皿を差し出した。

「果物も食べられますか？　理人さんの好きなゴールデンキウイです」

お皿を受け取った綾瀬さんがキウイを口に入れた。

「甘いな……」

「美味しいですか？　良かった……。たくさん食べて早く良くなってくださいね」

綾瀬さんが口元を緩めて微笑む。笑顔が出てきたことで私は少し安心した。

「なあ梨香子……。こんな皿、うちにあったか？」

今度は綾瀬さんがキウイを乗せたお皿を見て私に尋ねてきた。

「このお皿は理人さんが箱根で私にプレゼントしてくれたお皿です。こうして果物をいれると可愛いですよね。私、このレースのデザインがすごく気に入ってるんです」

あの幸せだった箱根のデートのことを思い出し、嬉しくて笑顔で答えてしまう。

「俺が箱根で……？　プレゼント……？」

綾瀬さんは首を傾げながら考え始めた。その顔を見て私はハッとしてしまった。

これは言ってはいけないことだったのだろうか。脳に負担をかけてしまったのではないかと不安が押し寄せてきた。

「皿をプレゼントしたことを忘れてしまうなんて……。俺も年をとったのかな……」

「違います。すごく前に買ったものだし、全然使っていなかったから覚えてないだけだと思います」

綾瀬さんの負担にならないように必死で言い訳を考える。綾瀬さんは私の言葉に納得してくれたのか、柔らかく微笑むとキウイも全部食べてくれた。食欲もあるようなのでこのまま安静にしていればそのうち体調も回復してくるだろう。

そして綾瀬さんに薬を渡し、私はにっこりと微笑んだ。

「もうすぐ薬も効いてくると思いますから少し寝てくださいね。あとでまた様子を見に来ます」

そう言って立ち去ろうとした瞬間、突然綾瀬さんの腕が私の背中に回り、そのまま抱き寄せられた。突然の出来事に驚いて声も出ず、目を瞠って綾瀬さんの顔を見る。

「熱さえなかったら……」

綾瀬さんは私のおでこにそっと唇を近づけた。

「あっ、りっ、理人さん……」

「こんなことしたら……梨香子に熱をうつしてしまうよな……」

「わっ、私ちがっ……違う……」

綾瀬さんに向けて必死で首を振る。

「熱が下がるまで……お預けか……」

そう言って今度は私の首筋に吸いつくようなキスをした。

綾瀬さんの熱い吐息が降りかかり、途端に力が抜けて綾瀬さんに寄りかかるように抱きついてしまう。何も考えられなくてただただ綾瀬さんを見つめてしまった。

「梨香子……。そんな顔して見つめるなよ……」

綾瀬さんはそう言って微笑むと、私の頭を優しく撫でた。恥ずかしさでいっぱいでどうしていいのかわからない。私がベッドから下りると綾瀬さんはフフッと笑みをこぼしながら、そのまま横たわった。

お盆を持つ手がブルブルと震えてしまう。私は急いで寝室を出てリビングに戻り、テーブルの上にお盆を置いたあと、そのまま崩れるように床に座りこんだ。

綾瀬さんが私にあんなキスを……。

ドキドキが止まらない。

あんな綾瀬さんの姿を見るのは初めてだった。

私の前ではいつも優しくて紳士的な綾瀬さんだったのだ。

山下公園でキスをされた時でさえ、あんなキスはしなかった。

梨香子という女性にはいつもあんなキスをしていたのだろうか？

綾瀬さんからの愛情を受けた女性に対して、嫉妬よりもうらやましさがこみ上げてくる。

これから私はどうしたらいいのだろう。

綾瀬さんが本当に求めているのは梨香子さんだ。私は梨香子さんじゃないと言ったらきっと綾瀬さんは混乱するはずだ。病院の先生もお父さんも今は綾瀬さんの脳に負担をかけてはいけないと言ったけれど、こういう場合はどうするべきなのか。

私たちは契約上の夫婦だからこれ以上のことは絶対にできないし、してはいけない。

もし流されて綾瀬さんに抱かれてしまったら、綾瀬さんの記憶が戻ったときにきっと不快な思いをさせてしまう。

だけど次にもしあんなことをされたら――。

私はちゃんと断ることができるのだろうか……。


綾瀬さんの体調は日に日によくなっていった。

熱も下がり少しずつ食欲も戻ってきて、私はそのことに安堵しながらも、病院の先生から言われていたような変化は起きていないか、常に綾瀬さんの様子に注意を払いながら毎日を過ごしていた。

私にとって五日間も綾瀬さんと顔を合わせてずっと過ごしたのは初めてのことだった。いつもなら休日は綾瀬さんと一緒に食事をしたりスーパーに買い物に行ったりはするけれど、それ以外の時間は綾瀬さんの邪魔にならないようにと、自分の部屋にいたり家事をして過ごしていたからだ。

だけど今は綾瀬さんの体調のことや、頭を打ったあとで出てくる症状のこともある。

私はできる限り綾瀬さんが視界に入るようにして、寝るとき以外は常に一緒にいるように心がけ、「遥菜」ではなく「梨香子」として暮らした。

綾瀬さんの記憶は戻る気配もなく、私を思い出してくれるような様子もなかった。

思い出してもらえないことや遥菜と呼んでもらえないことは悲しかったけれど、それ以上に私はこうして綾瀬さんのそばで過ごせることが何よりも幸せだった。

だけどここ最近、綾瀬さんが時折難しい顔をして考え込んでいるような姿を見せることがあり、それが少し気になっていた。

そんなある日、いつものように朝食を摂っていた綾瀬さんが私に質問をしてきた。

「梨香子、この間から気になっていたんだが……。どうして俺に敬語で話すんだ？前はそんなことなかったよな？」

不思議そうな顔をして私を見つめる。

「それにいつも理人って呼び捨てだっただろ？　なんで理人さんなんだ？」

今度は何か思い返すように眉間に皺を寄せて首を傾げている。

「えっと……それは……。あっ、理人さんが前にすごく酔っぱらったときに、年上には普通敬語で話すだろって言ったから……。それで約束通り敬語に……」

「俺がそんなことを言ったのか？　酔っぱらって？」

ごめんなさいと心の中で謝りながら、何度もうんうんと頷く。

「そうか。俺が言ったのか……」

「そうです。だから敬語に直しました。なのでこれからも敬語です！」

敬語はやめろと言われてはいけないので、綾瀬さんにこれ以上何も言わせないように必死で宣言する。綾瀬さんは納得したのかはわからないけれど、にっこりと微笑んで浴室へと入っていった。綾瀬さんがいなくなったことでほっと胸を撫で下ろす。

こんなことを聞かれるとは思ってもみなかった。

あー、びっくりした。

梨香子さんってどう考えても、昔付き合っていた彼女だよね？

どんな女性だったのか知りたいけれど、知ったらものすごくショックを受けそうで怖くて仕方がない。だけどこうして言葉の端々に梨香子さんが登場すると、自分の中で妄想が膨らみ、いつか綾瀬さんは梨香子さんのところへ行ってしまうのではないかと思いはじめていた。

そして今日からはいつもの日常生活だ。支度を終えた綾瀬さんがスーツを着てリビングに入ってきた。毎日見ているはずなのに、その姿にドキドキしてしまう。

いつものようにお皿を洗いながら「行ってらっしゃい」と告げると、玄関に向かった綾瀬さんが梨香子さんの名前を呼んだ。

「梨香子、寝室に携帯を忘れた。持って来て」

返事をして急いで寝室に行き、携帯を持って玄関に向かう。

「理人さん、携帯です」

「悪いな……っていうか携帯を置いてきたのはわざとだ。なあ梨香子、どうしていつも朝はここで見送りをしてくれないんだ？」

一瞬、何のことを言われているのかわからず、私は口を開けたまま綾瀬さんの顔を見つめてしまった。

「いつもリビングからしか言ってくれないだろ?」

「あっ、それは……。えっと……」

「明日から出かけるときは玄関で見送ってほしい。じゃあ行ってくる」

「はい……行ってらっしゃい……」

私は呆然としながら玄関を開けて綾瀬さんの後ろ姿を見送った。

今までは契約結婚ということで一度も玄関で見送りをしたことはなかった。本当は毎日玄関で見送りをして綾瀬さんが出かけていく姿を見たかったけれど、本当の妻でもないし綾瀬さんも望んではいないのに、そんなことはできなかった。

綾瀬さんって本当はこんな性格の人なの?

それとも以前の綾瀬さんが本当の綾瀬さん?

今は記憶を失っているからこんな風に変わっちゃったの?

それから私は毎朝綾瀬さんが玄関に向かうと一緒について行き、「行ってらっしゃい」と見送るようになった。

必ず玄関で優しい笑顔を向けてくれる綾瀬さん。

綾瀬さんの瞳には「梨香子」として映っているのかもしれないけれど、私には以前と変わらない笑顔を見せてくれるようになったことがとても嬉しかった。

そしてこんな風に夫婦のように過ごせることが嬉しくて、「梨香子」と呼ばれることにも段々と慣れてきている自分がいた。

そんな一週間が続いた金曜日の夜、今度は綾瀬さんが突然こんなことを言い出した。

「なあ梨香子、俺たちはいつまで別々の部屋で寝ているんだ？　俺の熱も下がったし、そろそろ一緒に寝ても大丈夫だろ？」

びっくりして思わず「えっ？」と、とても大きな声を出してしまう。

「そんなに驚くことはないだろ？　もしかして俺と一緒に寝るのが嫌なのか？」

「そっ、そういうわけじゃ……」

「じゃあそろそろ一緒に寝ないか？」

一緒に寝ないかと言われて頷けるわけがない。私は梨香子さんではなく遥菜なのだ。それに一緒に寝るということは綾瀬さんに抱かれてしまう可能性は一〇〇％に近い。

「あっ、あの、そういえばこの前病院の先生が……」

「病院の先生がどうしたんだ？」

動揺している私の顔を綾瀬さんが私の顔を怪訝そうに見つめた。

「えっと……理人さんは頭を打ったから、しばらくは一緒に寝ない方がいいって……」

心臓がドキドキと音を立てる中、納得してもらえる理由はないかと必死で考える。

「頭を打ったからしばらくは一緒に寝ない方がいい？　どうしてだ？」

「それは……。頭に何か後遺症が出てきちゃいけないし、しばらくはおとなしく安静にしてなさいって言われて……」

「それは俺が梨香子を抱くからということか？」

綾瀬さんとこんな会話をするとは思ってもいなかったので、私は真っ赤になって俯《うつむ》いてしまった。綾瀬さんはというと何か考え込むように難しい顔をしている。

その様子にもしかして嘘がバレたかもしれないと不安になったけれど、綾瀬さんは納得してくれたのか「わかった」と言って小さく頷いた。

「それともうひとつ聞きたいことがあるんだ」

今度はまた何を言われてしまうのかと身構えてしまう。綾瀬さんは小さく息を吐くと私の顔を見つめた。

「梨香子、お前ピアノ辞めたのか？」

「えっ？　ぴっ、ピアノ？」

何のことを言われているのかさっぱりわからず、声が裏返り、驚きと同時にビクンと身体が跳ねあがる。

「毎日ここにいて出かけないってことはピアノを辞めたってことだよな？」

綾瀬さんはまたしても考え込むようにおでこに手を当てた。

「もしかしてピアノを辞めたことも俺に話してくれたのか？」

梨香子さんという女性はピアノを弾いていた女性だったのだろうか。全くわからないことなので迂闊《うかつ》に答えることもできない。

どう答えたら綾瀬さんの負担にならないのだろうと思いながら答えを探していると、綾瀬さんが再び口を開いた。

「悪い。おそらくそれも聞いたんだよな。でも覚えてないんだ。疲れてるのかな」

「きっとまだ体調が完全に元に戻ってないんだと思います。しっかり睡眠を取られたら疲れも軽減されると思います」

「そうだな……」

綾瀬さんは少し腑《ふ》に落ちない表情をしながらも寝室へと入っていった。


次の日、夕食を終えて食器を片付けていると綾瀬さんからダイニングテーブルに座るように言われた。

「理人さん、どうかされました？」

「昨日、俺が頭を打ったからしばらくは一緒に寝ない方がいいと、そう病院の先生が言っていたと教えてくれたよな？　後遺症が出たらいけないから」

綾瀬さんの話にこくんと頷く。

「今日、先生に確認してきた」

「えっ？　うっ、うそっ……」

目を見開いて綾瀬さんを見つめてしまう。

病院の先生に確認した？

まさか昨日私が言ったことを？

「嘘じゃない。そしたら先生は、頭を打って時間も経過して後遺症も出ていないからもう大丈夫だと言われた。だから今日から一緒に寝るぞ」

「えっ、それは……」

私は梨香子さんじゃないから一緒に寝ることはできない。

それが言えたらいいけれど、まだ記憶も戻っていないのに綾瀬さんの脳に負担がかかって他のことを忘れてしまったら絶対に困る。

「もしかして俺と一緒に寝るのは嫌なのか？」

「そっ、そうじゃなくて……」

「他に好きな男でもいるのか？　だからなのか？」

「ちっ、違う……。絶対に違う。そんな人なんかいない……」

梨香子さんとして答えないといけないのに、首を大きく横に振って思わず自分の気持ちを口走ってしまう。そして我に返り、ハッと両手で口元を覆った。

「じゃあどうしてなんだ？　他に理由があるなら俺に教えてくれ」

別に怒っている雰囲気ではないけれど、私が断ることが気に入らないようだ。

「それは……。理人さんの仕事が落ち着くまでは……。そう、今は仕事が忙しくて大変だからって……。それで一緒に寝るのをやめようって約束したんです」

「仕事が忙しいから一緒に寝るのはやめようと約束した？　ほんとに俺がそんな約束をしたのか？」

「そうです。まだ理人さんが頭を打つ前に……。理人さんがすごく酔っぱらったときです。しばらくは忙しくて体力がもたないからしっかり睡眠を取りたいって。だから私はちゃんと守ってます」

こんな理由で納得してくれるだろうかと緊張しながら綾瀬さんの顔を見る。

「そんなに酔っぱらったことがあったか？　だいたい酒は強いんだけどな。梨香子、お前が俺に酒を飲ませて約束させたんじゃないのか？」

「そんなことありません！」

顔を引き攣らせながら必死で笑顔を作り、大きく首を横に振る。

「俺が言ったのなら仕方がないがその約束はもう終わりだ。実は今回体調を崩したことで親父に怒られたんだ。自分だけで仕事をしようとするな、もっと部下を信用しろとな。俺は今までずっと現場で仕事をしてきたから、どうしても自分が率先して仕事をしたくなるんだよな。だけどそれだと部下は育たないって親父に言われてな。実際その通りだと思った。だからこれからは少し控えようと思う。ということだから仕事はだいぶ落ち着いたんだ」

どうしよう。これ以上何も理由が思いつかない。

綾瀬さんと一緒に寝室を共にしてしまったら、私はもう自分の気持ちを抑えることができなくなってしまう。

「じゃあ、問題は全てクリアできたってことだな」

「どっ、どうして……」

「んっ？　そういえば前にもこんな話をなかったか？　問題が全てクリアできたって」

綾瀬さんが眉間に皺を寄せて考え込むように頭を傾げた。

もしかして契約結婚をするときのことを思い出しているのだろうか？

『君の問題が全てクリアできたということは、俺の提案を受け入れてもらえると考えてもいいよな？』

確かこんな話をしたはずだ。

あのときのことを思い出しているの？

もしかしたら綾瀬さんの記憶が戻るのではないかと期待に胸を膨らませる。

「俺の思い違いか？　前にこんな話をしたことがあったと思ったんだけどな」

そう言ってもう一度私に視線を向けた。

「今日から一緒に寝るぞ」

「ごめんなさい……。ここ最近眠れていなかったので一人で寝たいんです。一週間後でもいいですか？　体調不良になって理人さんに迷惑をかけたらいけないので」

もう断る理由がこれしか思いつかなかった。心臓が尋常ではないくらいにものすごい音を立てている。

「もしかして俺の看病をしてくれていたからか？　気づかなくて悪かった。わかった。じゃあ一週間後な」

「は、はい……」

とりあえずは免れた。私は安堵するように大きく息を吐いたあと、リビングから逃げるように自分の部屋へ戻った。

そして月曜日。私は綾瀬さんと寝室を共にすることで悩んでいた。

何か対策を取らないといけないと思うけれど何も思いつかない。

綾瀬さんから離れるのが一番いい解決策だけれど、綾瀬さんは自分が結婚していることを知らないので、離婚届を書いてもらうことができないのだ。

無理やり離婚届を書いてもらって役所に提出したとしても、綾瀬さんの記憶が戻っていない間に離婚して、契約結婚のことがバレても困る

いったいどうしたらいいのだろう——。

追い込まれた私は梨香子さんを知る人物、シーキャリアの湯川社長に連絡を取ってみることにした。プライベートなことで電話をするのは憚《はばか》られたけれど、話を聞けるのは湯川社長しかいない。

電話口に出た女性に湯川社長の友人の妻の綾瀬遥菜だと名乗り、電話を取り次いでもらうと、「湯川です」と男性の声が聞こえてきた。

「以前湯川社長にお世話になりました桜井遥菜と申します。覚えていらっしゃいますでしょうか」

「もちろん覚えているよ。俺が遥菜さんを理人に紹介したんだから。まずは遅くなりましたが、ご結婚おめでとうございます。理人と結婚したと聞いて俺は嬉しくてね。

まあ理人が遥菜さんに惚《ほ》れてこうなるだろうとは予想はついていたけどね」

そう言って電話口の向こうで楽しそうに笑う。

「それで、今日はまたどうされました？」

「少し会ってお話をさせていただきたいことがあるんです。いつでも構いませんのでお時間を作ってもらうことは可能でしょうか？　実は今、理人さんが記憶喪失になっていまして……」

「はっ？　理人が記憶喪失？」

湯川社長が驚いた声をあげる。

「そうなんです。でも仕事のことや理人さんの家族のことははっきり覚えていまして、ただ私のことだけ、梨香子さんという女性だと思っているんです」

「どういうこと？　遥菜さんのことを梨香ちゃん、いや藍沢《あいざわ》梨香子さんだと思っているってこと？」

「はい。私のことは全て忘れています。結婚したことも覚えていません。今は私を梨香子さんだと認識して過ごしています」

電話口の向こうで、湯川社長の息を呑む音がかすかに聞こえた。

「記憶を失くした理人さんと一緒に過ごすうちに、理人さんが梨香子さんを求めているのなら会わせてあげた方がいいのかと考えるようになりました。でも私にはどうすることもできなくて。それで湯川社長にお聞きしようと思ったんです。ご迷惑だとわかっているのですが、梨香子さんについて教えてもらえませんか？」

「毎日本当につらいでしょう。遥菜さんも早い方がいいよね。理人のやつ、どうしてこんなことに……。ちょっと待って、今スケジュールを確認するから」

湯川社長が私に会ってくれることに安堵する。

「遥菜さん、今日の十一時半でもいいかな？　うちのオフィスの二階に和食のお店があるんだ。そこで話をしよう」

「わかりました。ではその時間にお伺いさせていただきます。よろしくお願いします」

私は電話を切ると、急いで支度を始めた。

約束の時刻にお店の前でそわそわとしながら待っていると、湯川社長がオフィスから降りてきた。

「湯川社長、今日は本当に申し訳ございません。突然こんなお願いをしまして……」

「大丈夫だよ。俺も理人のことは心配だし」

湯川社長に連れられて入ったお店は、オフィスビルの中にある少し高級な料亭のようなお店だった。よく利用しているお店なのか、女将さんが湯川社長の顔を見るなり奥の個室へと案内してくれる。席に着いて何から話そうかと考えていると、湯川社長から先に綾瀬さんのことを聞いてくれた。

「遥菜さん、理人が記憶喪失になったってどういうこと？」

「実は理人さん、高熱が出ていたのに無理して仕事をして倒れてしまったんです。その時に頭を打ったみたいで……。病院でCT検査もしてもらいましたが異常はありませんでした。仕事のことや自分のお父さんやお兄さん、お兄さんの家族のこと、そして会社の人たちのことは全て覚えているみたいです。だけど私の記憶だけなくて……。私のことは梨香子さんという女性だと思っています」

「そんな……。じゃあ理人は今、遥菜さんのことを梨香子と呼んでいるの？」

「はい。きちんと理人さんに確認していないのでわかりませんが、結婚したことも覚えていないので、おそらく梨香子さんと同棲していると思っているんじゃないかと」

「どうしてこんなことになったんだ……。よりにもよって遥菜さんのことを忘れるなんて……」

湯川社長は私たちが契約結婚をしていることを知らない。

だから私のことを理人さんの大切な人だと思っている。

「それで病院の先生は何て言ってるんだ？　まさかずっと遥菜さんのことを思い出さないってことはないだろ？」

「それがよくわからないそうです。すぐに思い出す方もいれば、一カ月後や一年、または十年かけて思い出す方もいらっしゃると言われて……。何がきっかけで思い出すかもよくわからないと」

するとドアが開き、料理が運ばれてきた。

「遥菜さん、冷めないうちにどうぞ。ここのランチね、なかなか美味しいよ」

テーブルの上には、握り鮨《ずし》が八貫ある他、海老《えび》や野菜の天ぷら、茶わん蒸しにお吸い物が置かれ、そのうえ小鉢が三つもついていた。かなりのボリュームだ。

湯川社長が食べ始めたので、私も箸を持ち、お吸い物を手に取った。

「それで話は戻るけど、理人に記憶喪失だと教えて、梨香子さんではなくて遥菜さんだってことを伝えるのはだめなの？」

「病院の先生がおっしゃるにはストレスも原因のひとつなので、今は無理に思い出させるようなことは控えて、脳に負担をかけないようにいつも通りの生活をするよう言われてます」

「そんなこと言われても遥菜さんが一番つらいだろう。理人はどうして早く遥菜さんのことを思い出さないんだ……。もしかして遥菜さんが今結婚指輪をしていないのもそれが理由？」

湯川社長が眉をひそめて私の左手の薬指を見る。

「はい。理人さんは自分は結婚していないと思っているので、私が結婚指輪をしているとどうしてなのかと不思議に思うだろうし、今は不安にさせるようなことはしたくなくて……」

綾瀬さんが一日の入院を終えて帰ってきたときの荷物の中に、財布や腕時計、携帯などが貴重品として纏められており、その中に結婚指輪も一緒に入れてあった。

最初はそのままにしておこうかと思ったけれど、綾瀬さんは自分は独身だと思っている。この指輪を見たら考えてしまうのではないかと心配になった私は、貴重品の中から結婚指輪だけ取り出して自分の結婚指輪も薬指から外すと、一緒に小さな箱に入れて自分の部屋に隠しておくことにした。

「湯川社長、梨香子さんという女性について教えてもらえませんか？　理人さんが梨香子さんを求めているのなら、梨香子さんに会わせてあげたいと思っています。理人さんには幸せでいてほしいんです。本当に好きな人と一緒にいてもらいたいから……」

湯川社長が気を遣わないように頑張って笑顔を向けてみたけれど、悲しくて泣きそうになり声が震えてしまう。一緒にいたい人は私ではないとわかっているのに、どうしても心が追いついていかない。

すると湯川社長が手に持っていた箸を置き、真剣な表情を私に向けてきた。

「遥菜さん、梨香子さんのことを話す前にこれだけは言っておく。理人は遥菜さんのことだけを愛していると思うよ。理人のことを昔から知っている俺が言うんだから間違いない。結婚してからの理人の表情が今までと全く違うんだよ。確か半年くらい前かな、遥菜さんと結婚したことを知って理人と一度飲んだことがあったんだ」

湯川社長が目を細めて優しく笑う。

「理人さんと一緒にお酒を飲まれたんですか？」

「理人から聞いてない？　嬉しそうに話していたよ。遥菜さんが作ってくれる食事が美味しいとか、スーパーに買い物に行くのが楽しみだとか、俺が無理やり聞き出したのもあったけど、理人もこんな柔らかい表情をするんだなって初めて思ったよ。遥菜さんの話をする理人の顔、本当に幸せそうだったんだ。俺は遥菜さんが理人をあんな柔らかい表情に変えたんだって思ったよ。確かに梨香子さんは理人が昔付き合っていた女性だ。どうして遥菜さんを梨香子さんと間違えているのかは俺にはわからない。だけど理人が遥菜さんのことを好きなのは事実だよ」

湯川社長はそう言ってくれるけれど、きっと湯川社長の前で綾瀬さんは幸せな夫を演じていたはずだ。特に仲が良かった湯川社長には契約結婚だということを絶対に見破られないように——。

「その藍沢梨香子さんだけど、彼女はホテルでラウンジピアニストとして働いていた女性だったんだ」

「ラウンジピアニスト？」

聞き慣れない言葉に首を傾げて聞き返す。

「ホテルのバーでピアノを弾いている女性を見かけたことない？　あの仕事をしていた女性。付き合い始めのころはそれなりに順調だったようだけど、理人が常務に昇進して仕事が忙しくなったことですれ違うようになったみたいでね。理人も取締役になって一年目だったから、プライベートそっちのけで仕事に取り組んでたんだ。それで喧嘩《けんか》が増えはじめて、梨香子さんはラウンジピアニストを辞めて豪華客船のピアニストとして海外へ行ってしまったらしい。今は日本に戻ってきているのか、まだ船上で働いているのかわからないけれど、理人とは完全に終わった女性だ。理人も梨香子さんなんてもう過去の人だと思っているはずだよ」

「それだとまだ理人さんは梨香子さんのことが好きなんじゃないんでしょうか？　理人さんから別れを伝えたわけじゃないですよね？　一方的に別れを告げられて海外に行かれてしまったら、理人さんだってまだ……」

梨香子さんのことはわかったけど、綾瀬さんが嫌いになって別れたのではなかった。やっぱり綾瀬さんは梨香子さんを求めていたんだとわかり、梨香子さんに会わせてあげたいと思いながらも、自分では予想もしていなかったほどに落ち込んでしまった。

「その気持ちはわからないでもないけど、完全に梨香子さんのことは理人から消えているはずだよ。そうじゃなかったら遥菜さんと結婚しないでしょ？　それにこれは理人にも言ったけど、俺は理人が梨香子さんと結婚しなくて良かったと思っているんだ。理人は会社を背負う人間だからね。仕事が大変な分、自分のことが疎かになる。だけど彼女は相手よりも自分が大切な女性だった。もし二人が仮に結婚していたとしても、おそらく別れていたと俺は思うよ。だから梨香子さんのことは気にしなくていいし、理人は梨香子さんに会いたいなんて思っていないはずだ。どういうわけか遥菜さんを梨香子さんと勘違いしてるようだけど。俺も近いうちに理人に連絡取って様子を見てみるよ。もしかしたら遥菜さんが気づいてないことがわかるかもしれないし」

その後、湯川社長は落ち込む私のことをとても励ましてくれて、何かあれば力になるからいつでも相談しておいでとプライベートの携帯まで教えてくれた。

私は話を聞いてもらったこととランチをご馳走《ちそう》になったお礼を言い、またマンションへと帰っていった。

束の間の幸せ

湯川社長に梨香子さんのことを聞いてからというもの、私の中で綾瀬さんと梨香子さんに対する妄想が膨らみ始め、私はその醜い嫉妬心と毎日闘っていた。

どんなに頭の中から消そうとしても、綾瀬さんに愛されて幸せそうな想像の中の梨香子さんの姿が何度も浮かんでくる。

綾瀬さんが幸せならそれでいいと思っているのに、それは正直な気持ちなのに、消すことのできない嫉妬心がずっと私の中に渦巻いていた。

そして綾瀬さんと一緒に寝室を共にする回避策も見つからず、気づいたら一週間が経過していた。夕食後、いつ綾瀬さんに「今日から一緒に寝る」と言われてしまうのかと胸をドキドキさせながらバスルームにある鏡を見つめる。目の前に映る情けない表情をした私に問いかけた。

遥菜、どうするの？

このままだともう逃げられないよ。

綾瀬さんに抱かれるつもりなの？

そんなことしたらもう本当に戻れなくなっちゃうよ。

お風呂から出て恐る恐るリビングのドアを開け、そっと足を踏み入れる。足音を立てないようにゆっくりと歩きながら確認すると綾瀬さんの姿はどこにもなかった。

「あー、よかった……」

心底ほっとしながら胸元に手を当てて小さく息を吐く。とりあえず今日は回避できたみたいだ。私は笑みを浮かべると自分の部屋に戻ろうと振り返った。

「きゃあっ──」

突然目の前にいないと思っていた綾瀬さんが現れ、大きな声を上げてしまう。

「そんなに驚くことはないだろう」

「あっ、あの、理人さん、どこにいたんですか？」

「俺は明日会社に着ていくスーツの確認をしていただけだ。それより今、よかったって言ってなかったか？　何がよかったんだ？」

「いえ別に……」

綾瀬さんがいなくてよかったなんて口が裂けても言えない。

「今日から一緒に寝るんだから寝室は俺と一緒だ。忘れてないよな？」

そう言って私の手を握り、自分の寝室へと連れて行こうとする。

「まっ、待って……。待ってください。私、寝相がすごく悪いんです。理人さんを蹴っ飛ばしてしまうかもしれません。明日の仕事に支障が出たらいけないし……。だからやっぱり一人で寝ます」

くるりと振り返って自分の部屋に戻ろうとすると、今度は腕を引っ張って抱き寄せられた。

「蹴っ飛ばさないように俺がこうして抱きしめて寝るから気にするな」

パジャマが薄い生地のせいか、綾瀬さんの男性らしい身体つきがダイレクトに感じられてしまう。

「何でそんなに嫌がるんだ？」

「別に嫌がっているわけじゃ……。あっ、あの……確認なんですけど一緒に寝るっていうのは、ただ一緒に寝るだけですよね……？」

その言葉に綾瀬さんはじろりと私を睨んだ。

「なあ梨香子、お前は一晩中俺に拷問でもさせる気か？　腕の中に好きな女性がいるっていうのに触れさせないとは酷くないか？　その方が仕事に支障が出るだろ？」

「そうじゃなくて……。わっ、私……ほんとは梨香子さんじゃ……」

「もういいから。早く寝るぞ」

綾瀬さんは私の手を掴んで寝室に行くとベッドに入るように言った。従うしかなくて言われるがままにベッドに入る。続いて綾瀬さんも隣に入ってきた。

もう心臓が口から飛び出してきそうなほどドキドキが止まらない。

どうしていいのかもわからない。

動くこともできず固まっていると、綾瀬さんの腕の中に私の身体が包まれた。

「どうしたんだ？　緊張しているのか？」

抱きしめながら私のおでこにキスを落とす。

ビクンと身体が反応して綾瀬さんが優しく頬を緩めた。

「そんなに緊張されると俺が悪いことでもしてるみたいだろ？　んっ……？　なあ、前にもこんな会話したことあったよな？」

綾瀬さんはまた何か考えている。確かうちの両親に結婚の挨拶に行くときに、緊張していた私に綾瀬さんが口にした言葉だ。

『そんなに緊張されたら俺が何か悪いことでもしているみたいなんだが……。確かに君に失礼なお願いをして悪いことはしているけどさ』

あの時の会話を思い出したのだろうか？

綾瀬さんに視線を向けるとばっちりと目が合ってしまい、慌てて視線を逸らした。

「そんな顔するなよ。我慢できなくなるだろ？」

今度は頬にキスを落とす。思わず声が漏れてしまい、私は恥ずかしくて顔を背けた。

心臓がドクンドクンと凄《すさ》まじい勢いで音を鳴らし、胸が苦しくなる。

包みこむように頬に手が当てられ、綾瀬さんの方にゆっくりと顔を引き戻された。

綾瀬さんの顔がすぐ目の前にあり、そのわずかな距離しか離れていない綾瀬さんが瞳を揺らしながら私を見つめている。

そんな状況の中で、もう「遥菜」としての言葉しか出てこなくなった。

「理人さん、私……すごく下手なんです。こんなことしても反応が薄いし魅力もないんです。だから……私できない……。きっと理人さん……がっかりしちゃう……」

必死で首を横に振りながら綾瀬さんに訴える。

もう何もかもが限界で、ぽろぽろと涙が溢れてきた。

『お前って外見だけで全く魅力もないし、真面目過ぎて面白くないんだよな』

『抱いていても反応が薄いしよ。常務がずっと一緒にいるとでも思っているのか？最初だけだろ。そのうち常務もお前に飽きて他の女を抱き始めるだろうよ』

清貴に言われた言葉が呪縛のように纏わりつき、頭の中でぐるぐると回る。

すると綾瀬さんは私を抱きしめたまま、私の顎を優しく持ち上げ自分の方へ向けた。

涙で綾瀬さんの顔がぼんやりと霞《かす》む。

「そんなことを気にしていたのか。がっかりなんてするわけないだろ。こんなにも好きで堪らないんだ。お前の魅力は俺が一番よくわかっている。毎朝笑顔で見送りしてくれることも、美味しい料理を作って俺の帰りを待っていてくれることも、いつも優しく微笑んでくれるところも、一生懸命俺の看病をしてくれたことも、こうして毎日一緒に過ごしていることが俺は幸せなんだ」

それは記憶を失くす前と同じ優しい声だった。

柔らかく包み込んでくれるような優しい声。

その言葉が縛られていた私の心を解かし、身体の中に溶け込んでいく。

毎朝「行ってきます」と言って笑顔で出かけていく姿や、「ただいま」と帰ってきて美味しそうに夕飯を食べている姿、そして優しく微笑みかけてくれる顔や、体調を崩してベッドで眠っている姿が次々に浮かんできて、これは梨香子さんに向けての言葉なのに、私に言ってくれているように思えてしまった。

優しく頭を撫でられ、さらに溢れ出る涙を指でそっと拭ってくれる。

霞んでいた視界に優しく微笑む綾瀬さんが現れた。

どうしよう……。

こんなに優しくされたら、もう……。

綾瀬さんが好き――。

頬に手が添えられ、綾瀬さんの顔が近づいてきて唇が重なった。

初めてしたキスと同じ優しいキスだった。

次第に綾瀬さんの息遣いが深くなり、優しく重ねられたキスが激しいキスへと変化していく。寝室には自分とは思えないような甘い声が漏れ始めた。

こんな姿を綾瀬さんに見せてしまうのが恥ずかしくて仕方がない。

するとゆっくりと身体を起こした綾瀬さんが、覆いかぶさるように片手を私の横につき、もう片方の手を私の指の間に絡みこませてきた。男性の色気を纏った瞳でじっと私を見つめる。

「梨香子、好きだ……」

低く掠れた声で囁かれた瞬間、嬉しくて目尻から涙がこぼれ落ちた。

名前なんてどうでもよかった。

梨香子さんの代わりでもよかった。

綾瀬さんが好きだと言って私を抱いてくれることの方が嬉しかった。

「どうして泣いてるんだ？」

大好きな綾瀬さんに不安そうな瞳を向けられ、私はもう自分の気持ちを抑えておくことができなくなってしまった。

「好き……好きなの……。理人さんが、理人さんが好き……」

綾瀬さんは急にスイッチが入ったように激しく唇を塞いできた。

先ほどよりもさらに激しいキスに何度も身体が跳ね上がる。こんなにも優しく、そして激しく欲望をぶつけてくれることが嬉しくて、私は綾瀬さんの背中に腕をまわして抱きついた。綾瀬さんのことが好きで好きで堪らない。

「ああ……」

声のような熱い吐息が綾瀬さんの口から漏れた。

「こんな感覚は初めてだ……」

初めてという言葉が梨香子さんとは違う女性だと思ってくれているようで、さらに私の身体をとろけさせる。何度も襲ってくるような甘く痺れる感覚に、何も考えられなくなってしまった。切ない声を漏らしながら苦しそうな表情を浮かべた綾瀬さんの動きが激しくなり、綾瀬さんの身体にぎゅうっとしがみつく。優しさの溢れる行為に涙がこぼれ、全身が震え、視界がどんどん霞んでいった。

「好きだ……。ああっ、好きだ梨香子……」

「私も……私も理人さんが好き……」

私は恥ずかしさも忘れて何度も声を上げ、今まで経験したことのない初めての感覚を味わった。

しばらくして私の上で息を切らしていた綾瀬さんが再び私を抱きしめてきた。

「ごめんな。早すぎて物足りなかっただろ？」

私の頭を撫でながら甘い声で話しかける。

「そんなことない……です。私も……あんな姿を見せて恥ずかしい……」

どんな顔をしていいのかわからず、綾瀬さんの胸に顔を埋めたまま答える。

「恥ずかしがることなんてないじゃないか。あんな姿を見せられたら俺も欲情して我慢できなくなる」

そう言って私をもう一度抱きしめたあと、綾瀬さんが「んっ？」と声を出した。

「梨香子、シャンプーを変えたのか？　俺、この匂いの方が好きだ。でもこの香り、知っているような気がするんだが……」

「匂い……？　私の……？」

「ああ、この甘い香り。前にどこかで嗅いだことがある気がするんだ」

梨香子さんとこんな風に抱き合ったときのことを思い出しているのだろうか。

綾瀬さんに抱かれてしまった今、他の女性にもこんな風に優しく、激しく抱いたんだという嫌な嫉妬が芽生え始め、途端に胸の奥がとても苦しくなる。

「もう少しで思い出せそうな感じなのに思い出せないんだよな……」

綾瀬さんはどうしても思い出したいのか、片手でおでこを押さえてぎゅっと目を閉じた。そんな綾瀬さんを見て、ますます胸が締めつけられるように苦しくなった。

今だけは梨香子さんのことを思い出してもらいたくない。

「そうだった！　この間シャンプーを変えたんです。忘れていました」

考えるのをやめてほしくて、強引にシャンプーの匂いだと主張する。

お願いだから、今だけは梨香子さんのことを考えないで――。

心の中で必死に願いながら綾瀬さんの顔を見つめる。

綾瀬さんは納得いかない顔をしながらも、考えることをやめて再び私を優しく抱きしめてくれた。

梨香子

初めて綾瀬さんと身体を重ねた日から私はもう元には戻れなくなっていた。

誘われるままに毎晩寝室を共にし、私を梨香子さんだと思っている綾瀬さんはベッドの中で当然のように私を抱いた。綾瀬さんに触れられることが嬉しくて、私は求められるたびに断るどころか喜んで抱かれ続けた。

こんなことをしてはいけないと頭ではわかっているのに、綾瀬さんに愛されることの嬉しさや今まで得たことのない甘くとろけるような快感、そして私を丸ごと包み込んでくれる優しさに、綾瀬さんに触れてほしいという欲望がどんどん増していく。

また私と同じように、私の身体で狂おしいほどに感じてくれる綾瀬さんのことがとても愛おしくて幸せだった。

身体を重ねることが当たり前のようになると、私はもうこのままでもいいと思うようになっていた。

綾瀬さんと一緒に過ごせるなら梨香子として生きていくことも構わない――。

だけどその一方で、もし綾瀬さんの記憶が戻ったらと考えると恐怖でしかなかった。

そんなある日、仕事から帰ってきた綾瀬さんの様子がいつもとはどこか少し違う感じがした。

普段なら楽しく会話が弾む夕食も、どうしたのか何も話さない。食事が終わったあとも「風呂に入ってくる」とひとこと口にして、私と全く目を合わせることなくリビングから立ち去っていった。

仕事で何かトラブルでもあったのかな？

私は綾瀬さんの様子が気になりながらも、このあと自分に何が起こるのかなんて全く予想すらしていなかった。

いつものようにベッドに入ると、綾瀬さんが少し躊躇うような表情を見せた。

そんな様子を見て仕事でかなり疲れているのだと思った私は、綾瀬さんの睡眠の邪魔にならないようにベッドの端に寄った。すると綾瀬さんが突然私を引っ張り、自分の腕の中に閉じ込めた。

「理人……さん？」

少し違和感を持ちながらも腕の中から顔を上げて視線を向ける。綾瀬さんは何も言わずゆっくりと私に顔を近づけてきた。キスをされるのだと思い、そのまま目を閉じる。だけどなかなか唇が重ならないことで再び目を開けたとき、綾瀬さんが私の名前を呼んだ。

「遥菜……」

驚いて声を発することも忘れ、綾瀬さんの顔を見つめてしまう。

もしかして記憶が戻ったのだろうか。

綾瀬さんは瞳を揺らして私をじっと見つめている。

「遥菜……なのか？」

綾瀬さんが再び私の名前を呼んでくれた。

驚きと喜びと嬉しさで瞬く間に涙が溢れ出した。

「理人さん、遥菜って……。いま遥菜って……」

もう嬉しくて胸が震えるほどに幸せで、涙が溢れて言葉が続かない。

二度と綾瀬さんに名前を呼んでもらえないと思っていた。

再び「遥菜」と呼んでくれる日が来るなんて――。

「きっ、記憶……記憶が戻ったんですか？」

待ち望んでいた嬉しさから綾瀬さんの腕を掴み、号泣しながら問いかける。

だけど綾瀬さんはそのまま私をじっと見つめると、ぽつりと呟いた。

「やっぱり梨香子じゃなかったのか……」

えっ――？

その瞬間、掴んでいた手から力が抜け、滑り落ちた。

目の前が真っ白になって思考が止まり、何が起こっているのかわからない。

警鐘を鳴らすかのように心臓が激しく脈を打ち始め、急に得体の知れない不安がじわじわと襲ってきた。

「やっぱりあいつの言う通り、梨香子じゃなかったんだな」

冷たく突き放されたような、それでいてどこか寂しそうな視線が私に突き刺さった。

この幸せが壊れ、全て終わってしまったのだとそこで理解する。

私はその場にいることができなくなり、逃げるようにベッドから出ると寝室を飛び出して自分の部屋へ戻った。崩れるようにその場に座り込む。

心臓がさらに激しく脈を打ち、瞬く間に涙が洪水のように溢れてきた。

私が……私が梨香子さんとして抱かれたから……。

だからこんなことになっちゃったんだ……。

口元を覆い声を抑えながら、真っ暗な部屋の中でぼろぼろと涙をこぼす。

どれだけ後悔をしたところで既にもう手遅れだ。

綾瀬さんに梨香子さんではないことがバレてしまったのだ。

そしてバレたということは、もうここには居られないってことだ。

綾瀬さんと別れるときが来たのだ。

わかっているのに、頭では理解しているのに、突然襲ってきた綾瀬さんとの別れに、梨香子と呼ばれていたときとは比べものにならないほどの悲しみが私を襲い、奈落の底へと突き落とした。

綾瀬さん、ごめんなさい。本当にごめんなさい……。

私は綾瀬さんのことが好きだったんです……。

どんなに謝ってもどんなに涙を流してももう遅いのだ。今日で全てが終わったのだ。

私は一晩中真っ暗な部屋の中で泣き続けた。

翌日、私は綾瀬さんと顔を合わせることができず、朝食の用意もできなかった。部屋の中に閉じこもり、綾瀬さんが仕事に行くのをじっと待った。綾瀬さんが出かけたのを確認して部屋から出ると、家事だけ済ませてスーツケースを取り出し、一週間分の荷物をまとめた。

ここから出て行くなら一日でも早い方がいい。

でも次に住む場所を決めなければどうすることもできない。

とりあえず都内のビジネスホテルに泊まって家を決めたら、一度ここに戻ってきて荷物を整理して出て行こうと決めた。

スーツケースを持ち、戸締りを確認して玄関に向かおうとしたとき、珍しくインターホンが鳴った。モニターを見ると知らない女性が映っている。このマンションはコンシェルジュがいるため、勧誘の人は入ってこない。誰だろうと思いながら私は通話ボタンを押した。

「あの、綾瀬理人さんのお宅に間違いないでしょうか？」

「そうですけど。失礼ですがどちら様ですか？」

「藍沢梨香子と申します」

「藍沢さん？　えっ？　藍沢梨香子さん？」

「そうです。あなたが今なりすましている藍沢梨香子です。あなた、理人のことを騙してますよね？　勝手なことをされてとても迷惑しているんです。少しお話をさせてもらえませんか？」

口調は柔らかいけれど、怒りを含んだような冷たい声が部屋の中に響き渡る。

「わかりました。マンションを出て左の角にカフェがありますので、そこで待っていていただけませんか？」

私はスーツケースを自分の部屋の中に戻すと、指定したカフェに向かった。

カフェに入り店内を見渡していると、私の方を見ている女性に気づいた。小さく会釈をして、緊張しながらその女性が座っている席へ近づいていく。

「すみません。藍沢梨香子さんでしょうか？」

「そうですけど」

第一印象はショートカットで妖艶な雰囲気を纏った大人の女性という感じだった。綾瀬さんが見間違えるほど自分と似ているとは思わないけれど、丸顔で黒目が大きなところが似ているのだろうか。

私が梨香子さんになりすましていると思っているせいか、向けられる視線が痛い。梨香子さんの前に座り、緊張しながらどう説明しようかと考えていると、先に梨香子さんの方から口を開いてくれた。

「単刀直入に聞くわ。私の名前を騙《かた》って理人と暮らしているってどういうこと？　あなたはいったい誰なの？　理人を騙しているの？　もうあなたが偽物だってことはバレているの。あなたがまだ私になりすますならこのまま警察に行くけど」

よほど私のことが許せないのだろう。蔑むように私を見ている。

私は気持ちを落ち着かせるように小さく息を吐くと、梨香子さんに視線を向けた。

「私は綾瀬遥菜と申します。理人さんとは結婚していまして、理人さんの妻です」

「はっ？　理人の妻？　理人と結婚してる？　そんな嘘をついてもすぐバレるのよ。だいたい結婚しているなんて理人はひとことも言わなかったし……」

綾瀬さんは梨香子さんと会ったってこと？

だから昨日私のことを「やっぱり梨香子じゃない」と言ったんだ。

昨日の綾瀬さんの様子がおかしかった理由がわかり納得する。

「嘘ではありません。疑われるようでしたらきちんと戸籍謄本を取ってお見せしても構いません」

梨香子さんは本当に結婚していると思っていなかったようで、私がきっぱりと言い切ると嫌悪感をあらわにして私を睨みつけてきた。

「じゃあどうして私になりすましているのよ？」

「実は今、理人さんは体調不良から記憶喪失になっています」

「えっ？　理人が記憶喪失？」

梨香子さんが不審そうに眉間に皺を寄せる。

「結婚したことを忘れていまして、だから梨香子さんにお会いしてもそのことを言わなかったんだと思います。そして今は病院の先生からの指示で、理人さんの脳に負担をかけないように生活しています。不快に思われたかもしれませんが、決して私が梨香子さんの名前を騙っているわけではないんです」

「理人が記憶喪失って嘘でしょ……。でも……だから理人の様子が少しおかしかったってわけね」

何か思い当たる節があるのか梨香子さんは少し納得するように頷いた。

「完全に信じたわけじゃないけど。でもどうしてあなたは理人と結婚したの？」

確か理人さんは私と契約結婚をするときに、結婚には何の価値も見いだせないと言っていた。

そんな理人さんが結婚したことで納得がいかないのだろう。

今度は探るように私をじっと見る。

「仕事の関係で知り合いました。私も不動産に携わる仕事をしていましたので」

「あの理人が仕事で知り合って結婚ねえ……。どうやって騙したの？　理人が望んで結婚するなんて信じられないもの」

「騙してなんていません。理人さんから結婚してほしいと言われたので結婚しました」

契約結婚のことは話せないのでそう答えたのだけれど、梨香子さんは嘘だと言わんばかりに嫌悪感をあらわにした視線を突きつけてきた。

「理人から言われて結婚した？　あなたが理人を騙して結婚させるように仕向けたん

じゃないの？」

「そんなことはしていません」

「じゃあどうしてあなたのことを忘れているの？　あなたを私だと思っているんでしょ？　それっておかしくない？　あなたのことが好きで結婚したなら絶対に忘れないはずよね？　妻なのに忘れられてるってことは、あなたは理人に愛されてなかったってことでしょう？」

確かに綾瀬さんは私のことが好きで結婚したんじゃない。取引先や銀行の頭取の娘などを見合い相手として紹介されるのが嫌で、その話を断るために私と結婚したのだ。

愛されていない――。

自分でわかっていたことだけど梨香子さんの言葉が胸に突き刺さる。

「あなた、理人と一緒にいて虚《むな》しくならないの？　あなたのことを忘れているのよ。私になりすましてまで理人と一緒にいたいわけ？　理人が求めているのは私なのよ。そんなの女性として惨めすぎる。そこまでして理人にしがみつきたいの？　愛されもしない、魅力もないのに男にすがる女って、私には恥ずかしくて真似できない。自分の立場っていうのをもう少し理解したら？」

魅力がない――。

この言葉が追い打ちをかけるように私の胸の奥深くに突き刺さった。

「理人が結婚したって聞いてびっくりしたけど、おそらく周囲に言われて仕方なく結婚したってところね。理人の中には未《いま》だに私が残っている。ふふっ」

梨香子さんは勝ち誇ったように私に笑顔を向けた。その笑顔を見て私は綾瀬さんが可哀想《かわいそう》になってきた。綾瀬さんは純粋に梨香子さんを求めているというのに、目の前の梨香子さんは自分から別れを告げたにもかかわらず、心配する素振りなんか見せず、ただ綾瀬さんの愛情を確認して喜んでいる。

もっと綾瀬さんのことを心配してくれたらいいのに――。

「じゃあどうして理人さんと別れたんですか？　あなたがそばにいてくれたら理人さんはこんな風にならなかったかもしれない。なったとしてもあなたがいたら幸せだったかもしれない。あなたが理人さんから離れていったんじゃないですか。わかりますか？　信じていたのに一方的に別れを告げられて残された人の気持ち。苦しいんです。つらいんです。今になってそんなことを言うなら、あなたが別れずに理人さんのそばにいてあげたらよかったのに……」

悔しくて、つらくて、泣いたらだめだと思うのに、涙がぽろりとこぼれ落ちる。

「別に私は……」

私の責めるような勢いに、梨香子さんは不機嫌な表情をして口籠った。

その表情を見てハッとしてしまう。

「感情的になってしまいすみません。梨香子さんがおっしゃる通り、理人さんはあなたを求めているんだと思います。でも私たちは結婚しています。別れるには正式に離婚しなければなりません。あなたが理人さんのそばにいてくださるのなら私は離婚しても構わないと思っています。ただ離婚するにしても私にも準備がありますし、理人さんにきちんと話をしなければなりません。もう少しだけ待ってください」

「本当に離婚するのね？　愛されてないあなたのためにも私はそれが一番いいと思う。だけどできるだけ早くしてくれるかしら？」

「わかりました。私が言うことではありませんが、理人さんはまだ体調が万全ではありません。理人さんのこと、よろしくお願いいたします」

私は梨香子さんに頭を下げるとマンションへ戻る前に役所に離婚届を取りに行った。すぐにでもマンションを出て新しい家を探そうと思っていたけれど、梨香子さんに会って話をしたことで、私は綾瀬さんに先にきちんと離婚の話をするべきだと考えた。記憶のことは話さない方がいいのかもしれないけれど、話の内容上、もう話すことは仕方がないと判断した。今日の夜、綾瀬さんに全てを話して、明日綾瀬さんが仕事に出かけている間に家を探しに行こうと決めた。

マンションに戻り、一応食事の用意だけして綾瀬さんの帰りを待った。

綾瀬さんが仕事から戻り、リビングに入ってきたと同時に椅子から立ち上がって声をかける。言葉を出した瞬間、声が震えた。

「理人さん、お話があります。着替えたら少しだけ私に時間をもらえませんか？」

「わかった」

綾瀬さんは私にチラッと視線を向けると、そのまま寝室へと入っていった。着替え終えた綾瀬さんが寝室から出てくる。

「理人さん、お食事は……？」

「いらない」

梨香子さんではないとバレてしまったという後ろめたさから、綾瀬さんの発する声がとても冷たい声に聞こえてしまう。

それに「いらない」と言われたことが、もう完全に私のことを拒否されているように感じた。

「話ってなんだ？」

綾瀬さんは私が座っているダイニングテーブルの前に腰を下ろした。

「お仕事でお疲れのところすみません。これからお話しすることは全て本当のことです。信じられないかもしれませんが、とりあえず最後まで聞いてください」

そう言って私は契約結婚をしたときの契約書をテーブルの上に置いた。

「驚かれると思いますが、理人さんは今、記憶喪失になっています」

「はっ？　俺が記憶喪失？」

「高熱で倒れたときに頭を打って記憶の一部が飛んでしまったようです。病院の先生が脳に負担を与えてはいけないと言われたので、今日まで記憶喪失になっていることはずっと隠してきました。黙っていてすみませんでした」

綾瀬さんは信じられないという顔をして私を見つめた。

「それで飛んでしまった記憶の一部なのですが、理人さんと私は実は結婚をしています。結婚と言っても契約結婚です」

「結婚？　俺が？　契約結婚？」

綾瀬さんが眉間に皺を寄せて再び私を見つめた。

「これが契約の内容です。昨年、理人さんから契約結婚の提案を受けて二人で結婚をしました」

今度は私が差し出した契約書を見て顔色を変えた。

「これは私が持っている契約書です。二通作っていますので理人さんもお持ちだと思います」

「確かに俺の字だ。俺が署名している……」

「それで記憶が戻ったらわかると思うのですが、この契約結婚は二人だけの秘密で一年間という約束でした。ちょうど十月末が契約終了日でした。二人とも納得して離婚する予定でしたが、理人さんが記憶喪失になられて離婚することができなくなりました。絶対に誰にもバレてはいけない契約結婚でしたので、私は記憶喪失になった理人さんを置いたままここを出ていくことができませんでした。だからこの契約結婚のことは誰も知りません。理人さんのご家族も会社の方も、シーキャリアの湯川社長も、誰も知らないことです。みんな私たちが普通に結婚したと思っています」

綾瀬さんは黙ったまま、私の話をじっと聞いている。

「それで私はもうひとつ理人さんに謝らないといけないことがあります。この契約結婚では二人で決めた約束事がありました。契約書に書いてありますが、期間は一年間だけ。一年後にきちんと離婚すること。お互い干渉することはしない。好意も持たない。その約束を私は全て破ってしまいました。本当に申し訳ございません」

テーブルにおでこがつく勢いで頭を下げる。

「理人さんと一緒に生活していくうちに、私はいつの間にか理人さんのことを好きになってしまいました。いつもおはようって笑ってくれる顔や、私の作ったごはんを毎日美味しそうに食べてくれるところ、たまに意地悪をして私を困らせて喜ぶところ、いろんなことから守ってくれるところ、とっても優しいところ、甘い果物が大好きなところ、全部全部大好きでした。最後に契約終了のお礼にと言って理人さんが箱根にドライブに連れてってくれたことは本当に嬉しかったです。だから……さっきはバレてはいけない契約結婚で記憶喪失になった理人さんを置いて離婚できなかったって言いましたけど、本当は私が理人さんから離れたくなかったんです。このまま記憶なんて戻らなくていい、そんな酷いことも願ったりしました。本当にごめんなさい……。だけど……私はこの一年、本当に本当に幸せでした」

綾瀬さんとの幸せな思い出が口に出すたびに消えていくようで、ぽろぽろと涙がこぼれてきた。頬に伝った涙を指で何度も拭う。

そして先に書き込んでおいた離婚届を机の上に出した。

「今日、藍沢梨香子さんにお会いしました。梨香子さんには契約結婚のことは話していませんが、理人さんと離婚することはお伝えしました。私の名前は記載しています。署名していただいたあと、役所に提出してもらえますか」

離婚届を綾瀬さんの前に差し出す。

「それとお願いがありまして、家が決まるまでもう少しここに居させてもらえないでしょうか？　約束を破ったうえに勝手なお願いをしているのはわかっています。できるだけ早く出ていきますので……」

もう一度綾瀬さんに頭を下げる。

するとずっと黙って聞いていた綾瀬さんが静かに口を開いた。

「話はわかった。だがこの契約書を見ると俺が君に慰謝料としてマンションを渡す約束をしている。これはどうなるんだ？　こうして約束している以上、俺が渡さないといけないだろう？」

「その約束は全て無しにしてください。私は理人さんと約束していたことを全て破りました。なので慰謝料としてマンションはもらえません。それとこれは生活費としていただいていたクレジットカードです。こちらもお返しします」

綾瀬さんが机の上の離婚届とクレジットカードをじっと見つめた。

「本当にここから出ていくのか？」

綾瀬さんが確認するように私を見つめる。

「はい。約束ですから」

泣きながら笑顔を作り笑って見せる。最後くらい笑顔のままで別れたい。

「結婚しているのなら……俺が提案したことなら……。そんなに急いで家を決めなくてもいいんじゃないか？　迷惑かけたこともたくさんあるだろうし。俺がきちんと思い出すまでここにいても構わないが……」

やっぱり綾瀬さんは優しい人だ。

私のことが全く誰かわからないのに、自分が求めている梨香子さんじゃないのに、ここにいても構わないと言ってくれる。

目の前にいる人は、愛しいくらいに大好きな人で。

離れたくなくて、一緒にいたくて、その優しさにすがりたくなる。

決心したはずなのに、気持ちが揺れそうになる。

笑顔でいたいのに、涙がどんどん溢れてくる。

そんな私の弱さの中に、梨香子さんに言われた言葉が浮かんできた。

『そこまでして理人にしがみつきたいの？　愛されもしない、魅力もないのに男にすがる女って、私には恥ずかしくて真似できない。自分の立場っていうのをもう少し理解したら？』

自分の立場――。

私はその言葉を自分に言い聞かせるように、大きく息を吸い込んだ。

「いいえ。これは最初に交わした約束なのできちんと出て行きます。それとお食事ですけどもう嫌だと思うので作らないようにしますね。時間もずらしてなるべく理人さんと顔を合わせないように気をつけます。お仕事でお疲れのところ、お話を聞いてくださりありがとうございました。そして今まで本当にありがとうございました」

最後に立ち上がってもう一度深く頭を下げる。そして綾瀬さんの顔を見ないまま、私は自分の部屋へと戻っていった。電気を点ける気にもならず、真っ暗な部屋の中で崩れるように座り込む。綾瀬さんに自分の気持ちを告げた時点でこの結婚生活が本当に終わったと確信した。

全部自分のせいだ。私が綾瀬さんを好きになったからだ。約束を破った私が悪いのだ。綾瀬さんとの楽しかったことばかりが思い出される。

綾瀬さんが私の名前を呼び、微笑んでくれる姿ばかりが走馬灯のように何度も頭の中を駆け巡った。携帯に入っている綾瀬さんの写真を見つめながらぎゅっと強く握りしめる。私に向かって優しく微笑んでいる顔。大好きな笑顔。楽しくて幸せだった箱根のデートの写真だ。

「理人さん、好きでした。本当に大好きでした……。約束を破ってごめんなさい……」

私は涙が枯れるまで一晩中泣きつくした。

そして次の日、綾瀬さんが会社に出かけたあと、一週間分の荷物を詰め込んだスーツケースを持って、私はマンションを出て行った。

真実がわかるとき ―理人―

体調を崩してからというもの、俺はどこかしっくりこない毎日を過ごしていた。それが何なのかはわからないが、今までと何かが違う。こうしてこのマンションで梨香子と生活していることも、俺にとっては不思議で仕方がなかった。

病院で目が覚めて意識が朦朧《もうろう》とする中、梨香子の姿が見えた気がした。

梨香子とは別れた――。

そう思っていたはずだが、段々と視界がクリアになるとともに目の前に本当に梨香子が現れた。

「理人さん心配しました。こんなに体調が悪かったのに気づかなくてごめんなさい。朝、身体がだるいって言ってたのに……。でも本当によかった」

梨香子は俺の手を握り、涙を流していた。身体がとても痛くてだるくて頭がガンガンする。これは夢なのだろうかと思っていると病室に兄貴と早川が入ってきた。

兄貴は俺の身体を心配して仕事を休むように言い、どういうわけか梨香子のことを違う女性の名前で呼んだ。

俺は昔から自分が付き合った彼女を一度も親父や兄貴に紹介したことがない。それは梨香子も同じだった。だから兄貴は梨香子のことは知らないはずなのだが、兄貴は誰と間違っているのだろうか？

一泊の入院を終えてマンションに帰ると、なんとそこには梨香子が待っていた。

昨日、兄貴が俺と梨香子が一緒に暮らしていると言ったときは信じられなかったが、俺は本当に梨香子と一緒に暮らしていたのだ。別れたあと、俺は再び梨香子と付き合い、そして二人で一緒に生活しようと約束したのだろうか？

熱のせいで頭も身体も痛くて思い出せないが、梨香子がここにいるということはそういうことなのだろう。俺は病院で目を覚ましてから何も覚えてない状況に、狐《きつね》につままれたような感覚に陥っていた。

俺の体調が優れない中、梨香子はとても熱心に俺の看病をしてくれた。

汗をかけば服を着替えさせてくれ、身体を温かいタオルで拭いてくれ、熱を測ったり、薬を飲ませてくれたり、お粥を作って持って来てくれたりと、とても優しく俺のことを気遣ってくれた。梨香子とは今まで何度もデートはしていたが、これほど長く一緒に過ごしたことはない。こんな知らない梨香子の優しい一面があったのだと、俺はこのとき初めて知った。

そして体調も戻り、梨香子との生活はとても心地いいものになっていった。

朝起きれば、「おはようございます」と笑顔を向けられ、朝食が用意されている。

仕事から帰ってくると部屋には電気が点き、テーブルの上には美味しそうな夕飯が並べられ、温かい風呂も用意されていた。

今まで女性に対して好きだという感情はあっても愛しいという感情は抱いたことのなかった俺が、初めて女性を、梨香子のことを愛しいと思い始めていた。

だが日が経つにつれて、俺は梨香子のことが少し変だと感じるようになっていた。

俺が知っている梨香子とはどこか別人のような気がしてきたのだ。

まず最初に違和感を持ったのは梨香子が俺に対していつも敬語で話しかけてくることだった。俺が知っている梨香子はいつもフランクに話し、俺のことを「理人」と呼び捨てにしていた。それがどういうわけかいつも敬語で「理人さん」と呼んでくる。

それに料理だ。正直、梨香子がこんなにも料理が上手いとは思いもしなかった。

デートの時はいつも二人で外食をしていたし、一度も梨香子の作った料理を食べた記憶がない。確か料理は得意ではないと言っていたはずだ。だが梨香子の作る料理は何もかもが美味しかった。俺に嘘をついていたのだろうか。

そして一番おかしいと感じたのは俺と距離を取っているということだった。

必要以上に俺に近づこうとしないし、寝室を共にしようとしない。俺の世話はたくさんしてくれるのに、いつも俺から必ず一歩引いているのだ。

目の前の梨香子は俺の知っている梨香子ではなかった。

こいつは本当に梨香子なのか？

数々の違いにそんな疑問さえ頭の中を掠め始める。

そんなことは決してあるはずないのに――。

日に日に梨香子への想いが増え続ける中、何かと理由をつけては俺と寝室を共にしない梨香子に、俺は少しずつ不安になり始めていた。

梨香子はまた俺から離れようとしているのだろうか？

前回は別れることも仕方ないと思っていたし、そこまでつらくもなかったが、これだけ梨香子への愛しさが募っている俺には、もう目の前にいる梨香子を手放すなんて考えることができなかった。

俺は嫌がる梨香子を強引に掴まえ、少しでも自分が安心感を得たくてベッドの中で梨香子を抱いた。

キスをすると梨香子は涙を流していた。

その涙を見て途端に不安になる。

やっぱり俺のことは好きではないのか——？

「どうして泣いてるんだ？」

緊張しながら梨香子に尋ねる。

ここで好きではないと言われたら俺はどうしたらいいのだろう。

梨香子のことが好きすぎて、胸がとてつもなく苦しくなる。

だが梨香子が口にした言葉は俺を幸せにするものだった。

「好き……好きなの……。理人さんが、理人さんが好き……」

安心すると同時に嬉しくて貪るように唇を塞ぐ。

女性を抱いていてここまで自分の感情が高ぶり、幸せを感じたことがあっただろうか。そういう気持ちだからなのか、何度も梨香子を抱いたことがあるはずなのに、俺は初めて心から愛する女性を抱いたような気持ちになっていた。

俺の腕の中で恥ずかしそうに反応する梨香子がまた可愛くて、俺は夢中になって梨香子を抱いた。女性を愛しいと思って抱くとこんなにも違うものなのか。今までとは比べものにならない初めての感覚に、もう俺の心も身体も梨香子を手放すことはできなくなっていた。

充実した毎日を送る中で、学生時代の友人の湯川海斗が「酒でも飲まないか」と俺に連絡をしてきた。できることなら夜は梨香子と二人の時間を過ごしたい俺は、夜ではなく昼の食事なら付き合うと海斗に返事をした。

海斗の指定した店で久しぶりに顔を合わせる。気心の知れた友人なので俺は取り繕うことなく食事を楽しみ、話の流れから梨香子に持った違和感を海斗に話してみた。

別れたと思っていたのに一緒に暮らしていることや、今までの梨香子とは性格が違っていること、そして料理が得意だったり、なぜか俺と距離を取っていること。そんな梨香子と生活しているとたまに別人ではないかと感じてしまうことを。

「別人であるわけないのに俺の知っている梨香子じゃない気がするんだ……」

そんな俺の話を静かに聞いていた海斗が俺に真剣な瞳を向けた。

「それでお前はどう思ったんだ？　別人だと感じることが嫌なのか？」

「そんなことはない。お前に惚気《のろけ》るわけじゃないが、嫌どころかむしろ前よりも……いや違うな。今の梨香子が愛しくて堪らないんだ。前はそんなこと一度も感じたことなかったのにな」

海斗にこんな話をするのは照れるが、自分の中の違和感を海斗に聞いてもらったことで少しすっきりした俺がいた。

「それは前の彼女より、今の彼女の方がいいってことか？」

「同じ梨香子だから比べるのもどうかと思うが、俺は今の梨香子の方が好きだ。俺の気持ちが全然違うんだよ」

海斗は咳《せき》払いをしたあと少し厳しい視線を俺に向けてきた。

「なあ理人、これだけは言っておく。お前が今その目で見ているもの、そして心で感じているものが一番正しいんだからな。もしこれから先に何か疑問に感じることが起こったとしても、今の気持ちを絶対に忘れるな。目の前にいる今の彼女を信じてやれ。今の彼女を大切にしろ。そうじゃないとお前、絶対に後悔するぞ」

俺の恋愛に口出しなんてしたことのない海斗が珍しく俺に意見を言う。

「急にどうしたんだよ。お前がそんなことを言うなんて珍しいよな」

「いや、お前が悩んでいるように見えたからアドバイスをしたまでだ。俺も今の彼女の方がお前に合っていると思う。彼女のこと、絶対に信じてやれよ」

「今の彼女ってなんだよ。梨香子は梨香子だろ。もう二度と別れないし、絶対に手放さないけどな」

海斗と食事をして一週間ほど経ったころ、俺のプライベートの携帯に一本の電話が入ってきた。番号を見ると登録もしていない知らない番号だった。どうせ勧誘か間違い電話だろうと思い無視をしていたのだが、その後も同じ番号からの着信が何度も入っている。もしかしたら知り合いなのかもしれないと思った俺は、かかってきたタイミングで電話に出てみた。

「やっと出てくれた。もしもし理人？　急に電話してごめんなさい。元気だった？」

携帯から聞こえてくる声は知らない女性の声だった。

やけに馴《な》れ馴れしく話し、俺のことを親しげに「理人」と呼び捨てにする。

不審に思った俺は、「どちら様ですか？」と冷たい口調で聞き返した。

「そんなに冷たく言わなくても……。確かに私も悪かったと思ってるの。だから意地悪しないで。私、日本に戻って来たの。久しぶりに会えない？」

電話の相手は相変わらず俺に親しげに話してくるが名前を名乗らない。苛ついた俺は、「失礼します」と言って電話を切った。

そんなおかしな電話があった日の夕方、俺が会社で仕事をしていると受付から内線がかかってきた。

「綾瀬常務、今、受付に藍沢梨香子様という方がお見えになっております。常務とはアポイントのお約束をされていないようなのですが、いかがいたしましょうか？」

えっ？　梨香子がオフィスに来ている？

朝仕事に行くときは何も言ってなかったし、わざわざ会社まで来るということは、何か緊急な用事でもあったのだろうか。不安になった俺は受付の女性に空いている応接室に通すよう指示をすると、急いで梨香子の待つ部屋へ向かった。

ノックもせずそのままドアを開ける。

「梨香子どうしたんだ？　何があったんだ？」

だがそこに座っていた女性は俺の知らない女性だった。なんとなく梨香子に似ている感じもするが全く見覚えもない女性だ。

「申し訳ございません。部屋を間違えてしまいました」

慌てていたから部屋を間違えてしまったのか――。

座っている女性に向けて頭を下げ、視線を合わせないように部屋を出て行こうとしたそのとき、女性が椅子から立ち上がり、「理人」と俺の名前を呼んだ。

理人？

俺のことを知っている人物なのかと、もう一度その女性の顔を見る。

「会社まで来たのは私も悪いと思ってる。だけど昼間電話したのに何も聞いてくれなかったじゃない」

目を潤ませながら俺を見つめてくる。

「私ね、理人と別れてからずっと後悔ばかりしてた。理人のことばかり考えてた。やっぱり私には理人が必要だって。だから日本に帰ってきたの」

この女性はいったい誰なんだ。

俺と別れて後悔した？

俺のことばかり考えていた？

何のことを言っているのかさっぱりわからない。

「私のことを知っているように話してらっしゃいますが、いったいどちら様ですか？」

俺は疑うように冷たい視線をその女性に向けた。

「どうしてそんな意地悪ばかりするの？　髪をショートにしたからわからないとか言わないわよね？　さっき名前呼んでくれたじゃない。梨香子よ、藍沢梨香子」

「梨香子……？」

ますます怪しい女性だ。

梨香子はこんな女性ではない。

家で一緒に暮らしている女性が俺の梨香子だ。

「あなたは藍沢梨香子ではありません。これ以上梨香子の名前を騙るようでしたら、警察を呼ばせていただきます。すぐにお引き取りください」

目の前の女性を蔑むように睨む。

「理人どうしたの？　私があなたを信じて待っていなかったから怒っているの？　私も反省したの。だから話だけでも聞いて。お願い」

「まだそんなことを言われて梨香子になりすますつもりですか？　私が気づかないとでも？　梨香子は家にいます。お引き取りにならないようでしたら警察を呼ばせていただきます」

ポケットから携帯を出しダイヤル画面を表示させる。すると梨香子と名乗る女性が俺の目の前に自分の免許証を差し出した。

「待って理人。この免許証を見て。ほら私、藍沢梨香子よ。正真正銘、藍沢梨香子。警察を呼んだらあなたが困るはずよ。だからやめて」

差し出された免許証には本当に藍沢梨香子と書かれてあった。

一瞬、自分の目を疑う。

「やっと信じてもらえたみたいね……」

俺の表情を見た女性は勝ち誇ったように微笑んだあと、馴れ馴れしく俺の腕を掴んできた。好きでもない女性に触れられ、嫌悪感からその手を解くように腕を振り払う。

この女性が藍沢梨香子？

いや、違う。梨香子は家にいる。

いったいどういうことなんだ？

「理人、今あなた私が家にいるって言わなかった？」

目の前の女性は俺が腕を振り払ったにもかかわらず、俺に纏わりついたまま顔を覗き込み、俺が何も話さないことをいいことに次々と質問をしてくる。

「もしかしてその人と一緒に暮らしているとか言わないわよね？」

俺は目の前の女性に視線を向けた。じっとその女性の顔を見つめる。

「もう一度あなたとやり直したいの。だからお願い、話を聞いて」

「私にはあなたと話すことはありません。お引き取りください」

「理人、ねえ理人ってば……。話だけでもいいから聞いて。さっき梨香子が家にいるって言ったわよね？　あなたが梨香子だと思っている女性は偽物よ。その人、きっと私になりすましているわ。あなた騙されているわよ！」

必死な形相で訴えてくる女性をどうにか帰らせ、俺は誰もいなくなった応接室の中で自分を落ち着かせるように大きく息を吐いた。

何が起こったのか頭が混乱している。

理解しようにも考えが追いついていかない。

確かに先ほどの女性から見せられた免許証には藍沢梨香子と名前が書いてあった。

あの女性が梨香子なら、俺が今一緒に暮らしている女性はいったい誰なんだ？

いや、ちょっと待て……。

俺はどうして梨香子のことを間違っている……いや、覚えてないんだ？

ふと疑問が湧き、プライベートの携帯を出して名前を検索する。家にいる梨香子が本当の梨香子ならここに名前と番号が入っているはずだ。

「何でだ？　どうして入ってないんだ？」

何度もスクロールしながら探すが梨香子の名前は入っていなかった。

「うそだろ……。じゃあ、あいつは誰なんだよ……」

椅子に座り、今度はひとつずつ名前を確認しながら検索していく。ほとんど女性の名前の登録は無い中で、ひとつだけ苗字も書いていない女性の名前があった。

「遥菜……」

この登録してある女性はいったい誰なのだろう。

俺が女の名前を、それも下の名前だけを登録するなんてあり得ない。

「あっ、そういえば兄貴が……」

病院で兄貴が梨香子のことを違う女性の名前で呼んでいたことを思い出した。

「確かあのとき、遥菜って……」

ということは今俺が梨香子だと思っている女性は遥菜という女性なのか？

兄貴に確かめに行こうと立ち上がり、またすぐに座り直した。

兄貴と彼女はどういう関係なんだ？

それに遥菜という女性だってそうだ。俺が梨香子と呼んでいても名前を訂正することなくそのまま返事をしている。二人が故意に俺に何か隠しているなら、正面から聞いたところで本当のことを答えてくれる可能性は低いはずだ。もう少し確信を得てからでないと躱《かわ》されてしまうかもしれない。

とりあえず俺は家に帰り、梨香子……いや遥菜という女性の観察を始めた。だがこれといって不審なところは何も見つからなかった。俺に向けられる笑顔も、優しく気遣うところも、決して俺を騙しているような悪い女性には思えない。

食事を終えた俺は、リビングから立ち去るように浴室に向かい、風呂の中で今までのことを思い返してみた。

おかしいと言えばやはり俺が最初に持った違和感だ。

敬語で話すこと、料理が上手いこと、そして俺と距離を取っていること。

それが別人だったと思えば全て納得がいく。

じゃあ彼女はどうして俺に抱かれた？

俺は梨香子と呼んで抱いたはずだ。

他の女性の名前を呼ばれながら抱かれたのか？

どうして——？

これからどうしたらいいのか。

遥菜と呼べば彼女は本当に返事をするのか？

何とも言えない緊張感が身体の中を駆け巡る。

いつものように彼女がベッドの中に入り、俺は一瞬躊躇いながらも同じようにベッドに入った。こんなに愛しいと思っている女性が梨香子ではなく、俺の知らない遥菜という女性なのだろうか——。

できれば今日会社に来た女性が嘘をついていてほしい——。

免許証を見せられても心の中でそう願ってしまう。俺はベッドの端に寄っていた彼女を引き寄せた。そのまま腕の中に閉じ込める。俺がゆっくりと顔を近づけると静かに瞳を閉じた。

このまま真実を追求せずに彼女を抱いてしまえば、今のこの幸せが続くはずだ。俺は心の中でどうすることが一番正しいのかと葛藤していた。俺が何もしないことで、目を閉じていた彼女が再び目を開けた。彼女が俺をじっと見つめる。その瞬間、俺は確かめずにはいられなくなった。

「遥菜……」

彼女の目が大きく見開いた。

やっぱり遥菜なのか……。

うそだよな……。違うよな……。

真実を知るのが怖いと思いながらもじっと彼女の顔を見つめる。

「遥菜……なのか？」

俺は確認するようにもう一度名前を呼んだ。

彼女の瞳から大粒の涙が溢れ出した。

「理人さん、遥菜って……。いま遥菜って……」

その嬉しそうな顔を見た途端、俺はがっかりとしながら確信した。

「きっ、記憶……記憶が戻ったんですか？」

涙を流し、俺の腕をぎゅっと掴んで問いかけてくるが、梨香子ではなかったという絶望感で彼女の言葉が何も頭に入ってこない。

「やっぱり梨香子じゃなかったのか……」

あまりのショックに心の声がそのまま口からこぼれ落ちた瞬間、彼女の顔が驚いた表情へと変わった。

「やっぱりあいつの言う通り、梨香子じゃなかったんだな」

俺は騙されていたのだ。梨香子だと思っていた女性が、これほど愛しいと思っていた女性が、俺の全く知らない女性だったなんて……。

彼女はすぐにベッドから出ると寝室から飛び出していった。

追いかけることもできなかった。

どうして騙したのかと尋ねることもできなかった。

ただただショックで何も考えることができず、俺は呆然としたままその場から動けずにいた。

次の日、朝起きるとリビングに彼女はいなかった。いつもなら朝食が用意されているはずだが、昨日あんなことがあって彼女も俺と顔を合わせづらいのだろう。俺としても彼女と顔を合わせたところで、どういう態度で接していいのかもわからない。

俺は彼女が姿を見せないことにほっとしながら、素早く支度を済ませ会社へ向かった。

会社に到着しても仕事は全くといっていいほど手につかなかった。

これからどうするべきなのか。

どうしたらいいのか。

同じことが何度も頭の中を駆け巡る。

だが時間が経つにつれて冷静になる俺がいた。とりあえず帰ったら一度彼女と話をして、どうして兄貴と一緒に俺を騙しているのか聞かなければいけない。

仕事を終わらせて家に帰ると、待っていたかのように彼女が俺に声をかけてきた。

「理人さん、お話があります。着替えたら少しだけ私に時間をもらえませんか？」

俺も話をしたかったこともあり、わかったと返事をする。そして食事のことも聞かれたが喉を通る状況ではないので断り、彼女の前に座った。

「お仕事でお疲れのところすみません。これからお話しすることは全て本当のことです。信じられないかもしれませんが、とりあえず最後まで聞いてください」

その後、彼女が話し始めた内容は驚くべきことだった。

俺は今、記憶喪失にかかっていること。高熱で倒れたときに頭を打ち、記憶の一部が飛んでいること。その飛んだ記憶の一部が彼女と結婚をしているということだった。

しかも普通の結婚ではなく一年間の契約結婚だという。

その結婚は俺から提案し、俺が作ったという契約書まで見せられた。

きちんと俺の字で署名もしてあり、この契約書は二通作成してあるので俺も持っているということだった。

そしてこの契約結婚の終了日が十月末だったのだが、医者からの指示で彼女は俺に記憶喪失だという真実を話すことができず、またこの契約結婚は二人だけの秘密で誰も知らないため、俺を置いて離婚をすることができなかったということだった。

彼女の話す内容があまりに信じられないことばかりで、俺は何をどう理解してよいのかわからなかった。

「それで私はもうひとつ理人さんに謝らないといけないことがあります。この契約結婚では二人で決めた約束事がありました。契約書に書いてありますが、期間は一年間だけ。一年後にきちんと離婚すること。お互い干渉することはしない。好意も持たない。その約束を私は全て破ってしまいました。本当に申し訳ございません」

彼女が目の前で頭を下げる。

「理人さんと一緒に生活していくうちに、私はいつの間にか理人さんのことを好きになってしまいました。いつもおはようって笑ってくれる顔や、私の作ったごはんを毎日美味しそうに食べてくれるところ、たまに意地悪をして私を困らせて喜ぶところ、いろんなことから守ってくれるところ、とっても優しいところ、甘い果物が大好きなところ、全部全部大好きでした。最後に契約終了のお礼にと言って理人さんが箱根にドライブに連れてってくれたことは本当に嬉しかったです。だから……さっきはバレてはいけない契約結婚で記憶喪失になった理人さんを置いて離婚できなかったって言いましたけど、本当は私が理人さんから離れたくなかったんです。このまま記憶なんて戻らなくていい、そんな酷いことも願ったりしました。本当にごめんなさい……。だけど……私はこの一年、本当に本当に幸せでした」

彼女は俺にそう話しながら何度も涙を手で拭っていた。

好きだと思っていた女性が、愛しいと思っていた女性が、一年間俺と一緒に生活をしていて、彼女も俺のことを好きだと言ってくれている。本来なら嬉しいはずなのに、喜ぶべきことなのに、俺に全く記憶がないこと、彼女を知らないこと、そして話の内容が衝撃的すぎて、怖くて感情が追いついていかない。

するると彼女が一枚の書類を取り出した。

「今日、藍沢梨香子さんにお会いしました。梨香子さんには契約結婚のことは話していませんが、理人さんと離婚することはお伝えしました。私の名前は記載しています。署名していただいたあと、役所に提出してもらえますか」

目の前に離婚届が差し出された。俺の書く場所は空白で、彼女の書く場所には既に「綾瀬遥菜」と署名がしてあった。

本当に俺は結婚していたのか……。

結婚したことを覚えていないので離婚届を目の前にしても全く実感がない。

「それとお願いがありまして、家が決まるまでもう少しここに居させてもらえないでしょうか？　約束を破ったうえに勝手なお願いをしているのはわかっています。できるだけ早く出ていきますので……」

えっ？　出て行く？

これからどうしたらいいのかとは考えてはいたが、まさか彼女が出て行くとは全く考えもしていなかった。

「話はわかった。だがこの契約書を見ると俺が君に慰謝料としてマンションを渡す約束をしている。これはどうなるんだ？　こうして約束している以上、俺が渡さないといけないだろう？」

先ほど見せられた契約書にはそのように記載がしてあった。本当にここから出ていくつもりなのかと彼女の気持ちを確かめるように尋ねてみる。

「その約束は全て無しにしてください。私は理人さんと約束していたことを全て破りました。なので慰謝料としてマンションはもらえません。それとこれは生活費としていただいていたクレジットカードです。こちらもお返しします」

俺は机の上に置かれた離婚届とクレジットカードをじっと見つめた。

「本当にここから出ていくのか？」

俺は酷い人間なのだろうか？

頭が混乱してどうしていいかわからないのに、彼女に出て行くと言われて寂しいと感じる俺がいた。

「はい。約束ですから」

彼女は頷き、泣きながらも笑顔を向けてきた。

「結婚しているのなら……俺が提案したことなら……。そんなに急いで家を決めなくてもいいんじゃないか？　迷惑かけたこともたくさんあるだろうし。俺がきちんと思い出すまでここにいても構わないが……」

記憶がないという恐怖から、はっきりと「出て行かないでくれ」とは言えず、遠回しにここにいてほしいと伝えてみる。

「いいえ。これは最初に交わした約束なのできちんと出て行きます。それとお食事ですけどもう嫌だと思うので作らないようにしますね。時間もずらしてなるべく理人さんと顔を合わせないように気をつけます。お仕事でお疲れのところ、お話を聞いてくださりありがとうございました。そして今まで本当にありがとうございました」

彼女は最後に立ち上がってもう一度深く頭を下げると、そのまま自分の部屋へと戻っていった。リビングに残された俺は、机の上に置かれた離婚届、クレジットカード、そして契約結婚をしたという契約書を見つめながら考えていた。

記憶がない今、彼女のことはよくわからない。

だけど初めて心から愛しいと思った女性だった。

でも彼女とは契約結婚をしていたという事実がわかり、そして俺たちは離婚する予定だったということも聞かされた。

彼女はその約束を守り、離婚してここから出て行くという。

ここでとめた方がいいのか？

俺にその権利はあるのだろうか？

彼女を思い出せず、何も覚えていないことに不安だけが広がっていく。

結局俺は何も行動することができなかった。

だが、なぜか気持ちだけがずっとざわざわしていた。

まるで、早まるなと警鐘を鳴らしているかのように。

本当にこれでよかったのだろうか——。


翌日、俺が会社から帰ってくると、部屋の中はしんと静まり返り真っ暗で冷たい空気に包まれていた。

昨日、彼女から信じられないような驚くべき事実を聞かされ、もう食事も作らないし、俺と時間をずらして顔を合わせないようにすると言われたものの、全く誰もいないような部屋の雰囲気に俺は一瞬戸惑ってしまった。

いつもなら玄関のドアを開けると電気が点いていて、彼女の笑顔と温かい空気が俺を迎えてくれていたからだ。どことなく寂しさを感じながら俺はリビングの中に入って電気と暖房を点けた。

彼女は部屋の中にいるのだろうか？

そう思いながらスーツを脱ぎ、そのまま浴室へ向かう。

いつもならバスタブにもお湯が張られ、温かいお風呂が用意されているのに、今日は浴室の中も寒々としている。

彼女はまだ風呂に入ってないのか？

浴室を出てリビングに戻ってきても、物音ひとつしなかった。彼女は部屋にいるはずなのに、俺以外誰も存在していないように感じてくる。気になった俺は帰ってきたことだけは伝えておこうと、彼女の部屋のドアをノックしてみた。

だけど中からは何も返事はない。ノックの音が小さかったのかと今度は強めにドアをノックしてみたけれど、やはり何も返事は聞こえてこなかった。

どうしたんだ？

もしかして倒れていたりしないよな？

心配になった俺は、「俺だ。悪い、開けるぞ」と言ってゆっくりとドアを開けた。

部屋の中を見て呆然となる。部屋の中は真っ暗で彼女はどこにもいなかった。

「どっ、どこに行ったんだ？」

確か昨日、家が決まるまでもう少しここに居させてほしいと言っていたはずだ。

まさかもう家を決めて出て行ったというのか？

悪いと思いながらも部屋の中に入り荷物を確認する。部屋の中にはテレビやチェストの他、クローゼットの中に彼女の服も置いてあった。まだ荷物があることになぜか安堵する。

じゃあいったいどこに……。

家を探しに行ったのか？

時計を見るともうすぐ八時半になろうとしている。いくらなんでもこんな時間まで家を探しているなんてあり得ない。気になった俺は彼女が帰ってくるまでリビングのソファーで待つことにした。時計を確認しながらタブレットや携帯を触り彼女を待つが、なかなか帰ってこない。

前にもこんなことがあったような気がするが……。

そんなことを思いながらまた時計を確認する。既に時間は十一時を過ぎていた。

彼女は俺と顔を合わせたくなくてこんな遅い時間まで出かけているのかもしれないが、そうは言っても女性だ。遅い時間まで帰ってこないとなると心配になってしまう。

だが彼女は十二時を過ぎても帰ってこなかった。帰ってこないところをみると、もしかしたら友達の家にでも泊まっているのかもしれない。そう思った俺は心配しながらも待つことを諦めて寝室に戻った。

ところが翌日も、その翌日も彼女は帰ってこなかった。

さすがに三日も帰ってこないとなると俺もかなり心配になってきた。

彼女はどこに行ったのだろうか？

荷物がまだあるところを見るともう一度ここに帰ってくるとは思うのだが、どこに行ってしまったのか全く見当もつかない。探そうにも探す手がかりもない。俺は彼女のことを何も知らないのだ。

一緒に生活していた時の彼女は知っているが、彼女とどこで知り合い、どんな理由で契約結婚をし、彼女とここでどういう生活をしていたのか――。

考えても全く何も思い出せないが、この三日間彼女が帰ってこないことで、俺の頭の中は完全に彼女のことで埋め尽くされていた。いつも可愛らしい笑顔で温かい料理を作って待っていてくれていた彼女の顔が浮かんでくる。

俺はそんな優しい彼女に惹かれたのだ。

初めて愛しいと思えた女性だった。

そんな女性に対してどうして俺はもっと気遣うことができなかったのだろう。

ふと、海斗に言われたことが頭をよぎる。

『なあ理人、これだけは言っておく。お前が今その目で見ているもの、そして心で感じているものが一番正しいんだからな。もしこれから先に何か疑問に感じることが起こったとしても、今の気持ちを絶対に忘れるな。目の前にいる今の彼女を信じてやれ。今の彼女を大切にしろ。そうじゃないとお前、絶対に後悔するぞ』

本当にそうだ。

どうしてあのとき俺は彼女を止めなかったのだろう。

騙されてなんかいなかったのに。

彼女はただ俺のことを気遣って何も言わなかっただけなのに。

俺もあのとき彼女を好きだと言っていれば……。

今さら後悔しても遅いがもう一度彼女に会いたい。

会ってきちんと謝り、この気持ちを伝えたい。

携帯を出して登録の中から彼女の名前を表示させる。時刻はもうすぐ午前零時になろうとしていたが、俺は躊躇うことなく発信ボタンを押した。だが耳から聞こえてきたのは、「電源が入っていない」という録音された声だった。何度電話をかけ直しても彼女に繋がることはなく、どうすることもできない状況に頭を抱えてしまう。

彼女はどこにいるんだ？

まさか事故に遭ってないよな？

連絡が取れないことにそんな最悪なことまで考えてしまう。だがもし何かあれば必ず俺に連絡が入ってくるはずだ。そう、俺はまだ彼女の夫なのだ。彼女から離婚届を差し出されたものの、俺はどうしても自分の名前を書くことができず、そのまま持ち続けていた。探す術《すべ》もなく途方に暮れてしまう。

誰かに相談してみようかとも考えたが、記憶のない俺が下手に彼女のことを聞いて契約結婚だということが露呈し、彼女に迷惑をかけるわけにもいかない。ただ明日は日曜日だ。もしかしたら彼女が帰ってくるかもしれないと思い、俺は彼女がいつ帰ってきてもわかるようにとソファーの上で待つことにした。

翌朝、俺は寝室にある机の引き出しの中を探し始めた。彼女に関する手掛かりがないかと考えたからだ。

記憶を失くす前の俺は何か残していないのか――。

一晩中ソファーにいたせいか身体が痛い。探す手をとめて大きく身体を伸ばしたところで、前にもこんなことがあったことを思い出した。

「確か前もソファーで過ごしたことがあったよな。彼女が……彼女に何かあったときだよな……」

必死で思い出そうと考えるが、思い出せそうで思い出せない。

再び引き出しを開けて探していると、奥深くから一通の契約書が見つかった。

『これは私が持っている契約書です。二通作っていますので理人さんもお持ちだと思います』

確か彼女が言っていた契約書だ。契約結婚をしていたという事実をあらためて突き付けられ、契約書を取り出してページを捲《めく》ると、半券のような紙切れと何か仮面のようなものが挟まれていた。

なんだこれ？　箱根海賊船？

全く記憶にない半券に首を傾げる。そしてもうひとつの仮面のようなものには「箱根ガラスの森美術館　チケット」と書かれてあった。

『最後に契約終了のお礼にと言って理人さんが箱根にドライブに連れてってくれたことは本当に嬉しかったです』

彼女の言っていた言葉が思い出される。

俺は彼女と本当に箱根に行っていたのか……。

でもどうしてこんな半券を大事そうに契約書の中に挟み込んでいたのだろう。

自分のことなのに何も思い出せないことが悔しくて堪らない。

何で思い出せないいんだ――。

俺は楽しかったのか？

本当に俺は納得して離婚しようとしていたのか――？

なんとか思い出そうと必死になっていると、リビングに置いてあった携帯が鳴った。

彼女かと思い急いで電話を取る。そして電話に出たことを後悔する俺がいた。

「もしもし理人？　今日は日曜日だから家にいるの？」

電話の相手は藍沢梨香子だった。冷静に考えれば彼女が電話をかけてくるわけがないのに、そんなことさえも気づかないなんて。

「悪いがもう連絡してこないでくれ」

「そんな冷たいこと言わないで。私、本当に後悔しているの。もう一度理人とやり直したい。だから話を聞いて。今からマンションに行っていい？」

「何を言ってるんだ。来られても困る。それよりどうして俺の家を知っているんだ！」

彼女のことが心配で自分の記憶も思い出せないというのに、本物の梨香子の声が俺を苛つかせる。

「マンションは理人が会社から帰るときに後ろから一緒に着いて行って調べたの。悪いと思ったけど前に住んでいたマンションに行ったらいないんだもの。ねえ理人、話を聞いてくれるだけでいいの。実は今ね、理人のマンションの近くにいるからこれから行って話がしたい」

「いい加減にしてくれないか！　お前と話すことは何もない。本当に迷惑だ」

「嫌！　話を聞いてくれるまで帰らない。今から行くから！」

「それなら俺がそっちに行く。どこにいるんだ？」

俺は苛ついて電話を切ると、すぐに鞄を持って部屋を出た。彼女と過ごした大切な場所に他の女性を近づけることは絶対にしたくなかったからだ。急いで下に降り、マンションのコンシェルジュにタクシーを依頼し、もし俺がいない間に彼女が戻ってきたら必ず引き留めてすぐに俺の携帯に連絡をしてもらうように伝えた。

梨香子がいるという大桟橋に到着すると、俺に手を振る梨香子が見えた。溜息《ためいき》をつきながら彼女に近づく。

「わがままを言ってごめんなさい。でも来てくれてうれしい。ありがとう！」

梨香子はそう言って俺の腕を掴み、桟橋に停泊している船に向かって歩き始めた。

「話ってなんだ？　俺は急いでるんだ。それにどうして船に乗らないといけないんだ」

不快感をあらわにして梨香子に視線を向ける。

「理人にきちんと話を聞いてもらいたいの。この船の中にカフェがあるからそこで話さない？」

気は進まないものの、話を聞いて断れば梨香子から解放されるのかと思い、不本意ながらも梨香子のあとに着いて行く。すると船の中は梨香子の言う通り、テーブルが並べられ、お洒落《しゃれ》なカフェのようになっていた。

「理人、どこに座る？」

梨香子が俺に笑顔を向けながら話しかけてくる。

「どこでもいいからさっさと話してくれ」

そう答えたところで船の汽笛が聞こえてきた。

「はっ？　なんで汽笛が聞こえるんだ？」

嫌な予感がして、入ってきた道を戻る。そして俺は目を疑った。

「どうして船が動いてるんだ？」

「これはクルーズ船なの。だって理人、普通にカフェに入っても私の話を聞かないですぐに帰っちゃうでしょ。これから一時間半のクルーズだからそれまでこの船からは降りられないわ」

「いい加減にしろ！　俺は急いでいるって言ったよな？　どうしてこんな騙すようなことをするんだよ！」

「だから私は理人とやり直したいって……」

俺は言い返すのも腹が立ち、梨香子から離れるようにそのままデッキに上がった。

一時間半って嘘だろ……。

この間に彼女が帰ってきたらどうするんだよ……。

早くマンションに戻らなければと苛々としながら頭を抱える。

船はどんどん陸から離れ、対岸にはマリンタワーや山下公園、俺の住んでいるマンションが見える。視線を横に向けるとベイブリッジも見えてきた。

潮の匂いとともに海風が通り抜け、海面を走る水の音が聞こえてくる。

【理人さん、富士山が見えます！】

どこからか彼女の声が聞こえた気がした。

急いで周りを見渡すが彼女の姿はどこにも見えない。

俺は何を考えているのだろう。

こんなところに富士山も彼女もいるわけがないのに。

腕時計を見ると、まだ出航して十分しか経っていない。あと一時間二十分もある。

船は水しぶきを上げながらスピードを出して前へ前へと進んでいく。

こんなところで泳ぐなんてできないよな。

船から落ちたと思われるだけだ……。

【子供じゃないんだから落ちません！】

また彼女の声が聞こえた気がした。

どうして彼女の声が聞こえてくるんだ？

必死で周りを見渡すのに彼女の姿はやっぱり見えない。

何が、何が起こっているんだ……。

するとⅡの前に梨香子が現れた。

「さっきはごめんなさい。理人の気持ちも考えなくて。だけど私、本当に理人とやり直したいの。この船はね、船上ウエディングもできるの。ほら、あそこに鐘があるでしょ。いつか理人とここで結婚式ができたらいいなって思ってる。だから私とのこと、ゆっくりでいいから考えてほしいの。待ってるから」

神妙な顔をして俺を見つめる。だが俺には迷惑でしかなかった。

何が結婚だ。結婚なんて俺は誰ともする気はない。誰とも——。

リーーン ゴーーン——。

リーーン ゴーーン——。

突然、デッキの上で大きな鐘の音が鳴り響いた。視線を向けるとカップルが一緒に紐を引っ張って鳴らしているようだ。

リーーン ゴーーン——。

リーーン ゴーーン——。

涼やかな綺麗な音色が鳴り響く。

【なあ遥菜、一緒にこの鐘を鳴らしてみないか？】

【遥菜、誓いの鐘というくらいだから何か二人で誓おうか？ 遥菜は何を誓う？】

はっ、遥菜……？

遥菜って……俺……。

リーンゴーン――。

リーンゴーン――。

【じゃあ、せーので引っ張って鳴らすぞ。ちゃんと誓うんだぞ。いいか？　せーの】

遥菜、遥菜……。

うっ、うそだろ……。

俺……。

愕然としながらデッキの手すりを掴む。

頭の中に次々と遥菜の笑顔が現れ、涙が浮かび、こぼれ、流れ落ちる。

俺は堪らず口元を押さえた。

【遥菜を必ず幸せにすると誓います。だから遥菜と人生を共にさせてください】

俺は遥菜に何てことを――。

忘れていた全ての記憶がよみがえってきた。

遥菜を好きだったことも、愛していたことも、愛おしいと思っていることも、そして、俺が傷つけてきた数々を――。

守りたい、大切にしたい、人生を共にしたいと思った遥菜を、俺はどれだけ傷つけたんだ。違う女性の名前を呼ばれながらもいつも笑顔で俺を優しく気遣い、変わらず愛情を注いでくれ、そして違う女性の名前を呼ばれながら俺に抱かれた。

つらい思いを全部一人で抱えながら……。

遥菜はどんな思いでマンションから出て行ったのだろう。

遥菜の気持ちを考えると居ても立っても居られず、早く遥菜のところへ行きたくて堪らない。許してもらえるなら、まだ間に合うなら、きちんと謝ってもう一度俺のそばにいてもらいたい。

そして、契約ではなく本当の結婚がしたい。

気持ちばかりが焦ってしまう。

「ねえ理人。そろそろ下に戻ってお茶でもしない？」

近くにいた梨香子が俺の腕を掴み引っ張った。その手を解くように振り払う。

「俺に触らないでくれ。もう梨香子とは何も話すことはない。俺とお前は随分前に終わったんだ。だからもうお前とやり直すことはない」

「急にどうしたの、理人？」

「どうもしない。迷惑だ。俺は遥菜が好きなんだ。だからもうやめてくれ」

「あの女性のことが好き？　でも理人、あの人のこと忘れていたわよね？　あの人を私だと思っていたってことは、私を好きだったたってことでしょ？　一緒に暮らしていたから情が移っているだけよ。どうせ周りから言われて結婚しただけでしょ？」

梨香子はまた腕を掴み、俺の顔を覗き込んだ。

どうして俺は遥菜と梨香子が似ていると思ったのだろう。二人は全く違うのに。

俺は先ほどと同じように梨香子の手を振り払った。

「俺が遥菜のことを好きだから結婚したんだ。だからこれ以上もう遥菜を傷つけることなんてしたくないんだ。遥菜を守ってやりたいし、俺の手で、この手で幸せにしてやりたい。俺は遥菜じゃないとだめなんだ！」

「そんなの嘘よ！」

「確かに梨香子と付き合っていたときは楽しかった。いや、楽しかったんだと思う。だけど遥菜と一緒に過ごすようになって、遥菜のことを好きになって、俺はどうして梨香子と付き合ったのか、そんな疑問さえ出てくるようになった。おそらくあの頃の俺は何も見えていなかったんだろうな。梨香子は他人から羨望される自分が好きなんだ。豪華客船のピアニストになったのだってそうだろ？　それが落ち着いたからまた戻って来たんだろ？　だけど遥菜は違う。自分がつらくても相手のことを一番に考えてくれる。これは俺だけじゃなく誰に対してもだ。俺は遥菜に出逢ってこんな優しい女性がいるってことを初めて知ったよ。ここで遥菜を手放したら俺は一生後悔する」

「そんな酷いこと言って私に悪いとかそんな気持ちはないの？　私たち付き合っていたのよ」

「俺がはっきりしないことで遥菜を傷つけてしまうのなら、俺は遥菜を守るためにはっきり言うよ。酷い男だと思うならそれでいい。それだけ今、遥菜が大切なんだ。俺が梨香子に揺れることは今もこれから先も全くない。悪いが船が着いたら遥菜の元に戻りたいんだ。もう俺の前に姿を見せないでくれ」

　これで遥菜を守れるなら、たとえ非情だ、冷徹だ、最低だと罵られようが関係ない。

「待って。私はまだ理人のことが好きなの。理人が常務になって大変そうだったから、仕事に集中させてあげようと思って別れたの。でもやっぱり後悔したからこうして戻ってきたのに……」

「好きだったらあのとき俺のことを待っていたはずだろ？　遥菜は俺が梨香子と呼んでいても、何も言わず俺のそばにいてくれたんだ」

「だから何？　そんなに自分のことを想ってくれる女性だから情にほだされたってわけ？　女なんてね、この男が欲しいと思ったら演技だってなんだってするのよ。遥菜っていう女も理人と結婚したかったからそういう演技をしたのよ。理人、騙されてるのよ。もっと冷静になって」

「悪いが俺は冷静だ。これ以上お前のことを嫌いにさせないでくれ。できればもう顔も見たくないんだ。それともし遥菜に何かしたら俺が絶対に許さない。それだけは覚えておけよ」

　俺は最後にそう伝え、船が港に到着すると急いでマンションへと戻った。

　コンシェルジュに確認すると遥菜はまだ戻っていなかった。ほっとしながら玄関のドアを開ける。俺はリビングには行かず最初に遥菜の部屋に入った。まだ遥菜の荷物があることに安心したあと、俺は悪いと思いながらも遥菜が何か残していないかとチエストの引き出しを開けた。

きちんと整頓された引き出しの中。大きな引き出しは洋服や下着がきちんとたたんで入っていた。また小さい方の引き出しには化粧品だったり、アクセサリーなどが入っていた。

やっぱり何もないか……。

そう思いながら最後の一番下の引き出しを開けたとき、そこから契約書と箱根海賊船の半券、箱根ガラスの森美術館のチケットが出てきた。俺と同じように大切に保管していた様子に涙が浮かんでくる。そしてその契約書と一緒に小さな箱を見つけた。その箱を取り出し、何が入っているのかと不安になりながら蓋を開ける。

「あっ、これは……」

箱の中には俺たちの結婚指輪が二つ並んで入っていた。それを見て再び涙が浮かび始める。

遥菜は「梨香子」として俺と暮らしていたから。

俺が結婚していることを忘れていたから。

記憶のない俺にその事実を隠すために――。

だからこうして遥菜は指輪も外していたんだ――。

遥菜のつらさを目の当たりにして、涙が流れ出した。

「遥菜ごめん、傷つけて本当にごめん……」

涙を流しながら何度も呟く。

遥菜は今どこにいるのだろう。

今日も戻ってこないつもりなのだろうか……。

今すぐにでも会って傷つけたことを謝りたい。

何度でも何度でも、遥菜が許してくれるまで謝り続けたい。

俺はその指輪が入った箱を持ち、部屋を出てリビングに移動した。そしてソファーに座り、携帯を手に取った。

早く遥菜に会いたくて、記憶が戻ったことを伝えたくて、遥菜に電話をかけようと思ったものの、携帯を手にしたまま一瞬考える。遥菜の性格なら俺からの電話にはもう出ようとはしないはずだ。

それに今日は日曜日だ。今朝の俺は日曜日だから遥菜は戻ってくると考えていたが、記憶が戻った今、遥菜の性格を考えると俺がいないときを狙って帰ってくるはずだ。

遥菜の荷物はまだある。それにこのマンションの鍵もまだ持っている。必ず一度は戻ってくるはずだ。今ここで電話をして着信を残し、遥菜を不安がらせ、二度と帰ってこない方が困る。出て行ったのは俺が仕事に出かけていた時間。ということは帰ってくるとしたら平日、それも俺がいない時間だ。

俺はすぐに親父に電話をかけ、そして明日からしばらくの間、出社せずに家で仕事をすることを伝えた。これで会社をクビだと言われればそれでも構わない。今は何があっても遥菜のことを最優先に考えたい。

親父は何かを察したのか、「緊急のときはきちんと出てこい」とだけ言い、理由は深く追求しなかった。

遥菜に会いたくて会いたくて堪らない。

謝って許されるなら、もう一度俺のことを好きになってもらいたい。

俺は携帯に遥菜の写真があったことを思い出し、アルバムを開いた。画面をスクロールさせていた指がとまる。可愛い笑顔で微笑んでいる遥菜の写真。あの楽しかったデートの一日が思い出される。

俺はどうしてこんな大切なことまで忘れてしまったのだろう。

しかも、遥菜を梨香子と間違うなんて……。

それに遥菜を抱いたことだって絶対に許されないはずだ。他の女性の名前を呼びながら、あんな傷つける行為をするなんて絶対に許されるはずはない。

遥菜の気持ちを考えると胸が痛くて堪らない――。

遥菜……もう一度会いたいんだ……。

早く帰ってきてくれ……。

俺は何度も願いながらその夜を過ごした。

月曜日、俺は会社に出社せず、リビングで朝から仕事をしていた。

遥菜が帰ってくるなら平日の、それも俺のいない時間帯だと思っていたが、十時を過ぎても遥菜は帰ってこなかった。
やっぱりもう帰ってこないのだろうか……。
そんな不安が俺を襲い始める。
何度も時計を気にしながら仕事をしていると、ガチャっと玄関のドアの開く音がした。

失意の中で

綾瀬さんのマンションを出てから既に四日が経過していた。

自分が原因でこんなことになってしまったのは百も承知なのに、もう二度と綾瀬さんのそばにいられないことがまだ現実として受け入れられずにいた。綾瀬さんが私に優しく微笑んでくれる顔ばかりが思い出されてしまう。

あの日綾瀬さんに全てを告白した私は一晩中泣き明かし、綾瀬さんが会社に出かけたのを見計らってスーツケースを持って家を出た。とにかく横浜から離れたくて電車に乗って都内へと向かう。降りた場所は代官山《だいかんやま》だった。

改札を出て、行くあてもなくスーツケースを引いて目に入った道を歩いていく。

こんな気分じゃなかったら代官山のお洒落な街並みを見て歩くのは楽しいはずなのに、今はそんな街並みさえもつらくて目を逸らしてしまう。気づけば駅からかなり遠く離れていた。

このまま歩いていても仕方がないので、ひとまずチェーン系のカフェに入りカウンターでホットコーヒーを注文して、店の奥のあまり目立たない席に腰を下ろした。

頭の中に浮かんでくるのはやっぱり綾瀬さんのことだけだ。

綾瀬さんはどうしているのだろう。

体調は大丈夫だろうか？

ちゃんとごはんは食べているのだろうか？

仕事から帰ってきたらお風呂は？　洗濯は？

何もかも一人でさせてしまうことに申し訳なさを感じてしまい、もう何もできない自分に涙が浮かんでくる。そして梨香子さんの存在を思い出し、大きな溜息をついた。

そうだよね。これからは全部梨香子さんがするんだよね……。

綾瀬さんのそばにいられるだけでなく、その綾瀬さんに愛されているなんてうらやましくて堪らない。

私は気持ちを切り替えるために携帯を取り出し、とりあえず今夜宿泊するホテルを探そう——としてそのままアルバムのアイコンをタップした。

箱根で撮った笑顔の綾瀬さんの写真が現れ、好きだという気持ちが瞬く間に溢れ出し、条件反射のようにじわじわと涙が浮かんできてしまう。

見なければいいのに、消してしまえばいいのに、それがどうしてもできないのだ。

涙をこぼしながらしばらく綾瀬さんの顔を見つめたあと、私はやっと宿泊サイトの画面を開いた。これから一人で生活していく家を探すため、行動しやすいアクセスの良いホテルに一週間ほど予約を入れる。そして次に賃貸サイトの画面を開き、どんな物件があるのか検索条件を入れようとして指が止まってしまった。

住む場所をどこにするか決めていないためエリアを入れることができないのだ。通勤のことを考えるとできれば職場から近い場所がいいけれど、まだ仕事も決まっていないことで途方に暮れてしまう。

しばらくすると店内が混み始めてきた。朝から何も食べていないのでここで昼食を摂ろうかとも考えたけれど全く食欲はない。私はカフェを出てこのままホテルへ向かうことにした。

ホテルに到着すると幸いにも早くチェックインすることができた。さっそく部屋に入ってベッドの上に寝転がる。昨日は一睡もしていなかったこともあって、ここで初めて自分の身体が相当疲れていたことに気づいた。

疲れたけど早く仕事探さなきゃ……。

私はさっそく携帯で求人の検索を始めた。職に就くことが先決なので我儘《わがまま》は言ってはいられないけれど、これから正社員として働くならやっぱり事務系の仕事だ。性格的に営業は無理だし、自分にはやはりサポート系の仕事が合っていると思う。だけど時期が悪いのか思うような正社員はなかなか見つからなかった。

正社員が無理なら派遣で探してみようかな……。

派遣も視野に入れたことで湯川社長のことを思い出し、今度はシーキャリアのサイトから求人情報を見る。すると興味を惹くような事務系の求人が多く掲載されていた。

少しだけ光が見えてきた気がして、今度はもう一度賃貸サイトの検索を始めたのだけれど、私は疲れからかいつの間にかベッドの上で眠ってしまった。

目が覚めると薄暗い部屋の中で一人ベッドに横たわっていた。その状況にすぐに飛び起き、ここが一体どこなのかを確認する。

そうだ……。私、ホテルに泊まってるんだ……。

状況がわかり、ほっとしながらベッドサイドの時計を見ると、なんと二十三時を過ぎていた。マンションを出てからカフェに行き、そのままホテルに着いて寝るという自分の行動に呆《あき》れてしまう。

早くお家を探さないといけないのに……。

お腹は空《す》いているものの食欲はなく、携帯を手に持ってアルバムを開いて綾瀬さんの写真を見る。

綾瀬さん、どうしてるのかな……。

ちゃんと夜ごはんは食べたのかな……。

写真を見ているとまた涙が浮かんできて、ぽろりぽろりとこぼれ落ちてきた。

私がどんなに好きでも綾瀬さんは梨香子さんのことが好きなのだ。

私はどうしてこんなにも往生際が悪いのだろう。

清貴と別れたときは好きだという気持ちの前に、ただ悔しくて腹が立って仕方がなかったのに、綾瀬さんのことはどんなに嫌いになろうとしても嫌いになるどころか、好きで好きで仕方がない。

もう会えないと思うだけで、愛しさがどんどん増してくる。

『君は俺に興味がないだろ？』

『俺は一年後に別れられる女性と結婚がしたいんだ』

契約結婚のときに綾瀬さんが言っていた言葉の意味をやっと理解できたような気がした。

モテる人は大変だと他人事のように思っていたけれど、こんなにも綾瀬さんのことを好きになってしまった今、綾瀬さんと離れたくないと思ってしまう。

だから私は梨香子と呼ばれながらも記憶を失くした綾瀬さんのそばを離れることができず、一緒に過ごした。

綾瀬さんはこうなることがわかっていたから私と契約を結んだのに……。

こんなに好きになるなんて……。

翌朝、私は九時過ぎにホテルを出て朝食を摂ると、不動産会社を訪ねてみた。

だけど世の中はそんなに甘くはなかった。

賃貸サイトに掲載されている物件はタイムラグがあるため契約済みのものも多く、自分の希望する物件がないのだ。それに派遣だと家賃補助が出ないので、家賃はできれば安い方がいいけれど、やっぱりセキュリティーがしっかりとしたところに住みたいし、バストイレは別がいいし、夜遅いと怖いから駅からはなるべく近い場所……と考えると、どうしても家賃が高くなってしまう。

どうしよう。このままお家が見つからなかったら……。

一日では簡単には決まらない家探しの現実を知り、頭を抱えてしまう。

そして翌日、私はもっと現実を知ることになるのだった。

訪ねた不動産会社でサイトにもまだ掲載されていない物件があると教えてもらい、さっそくそのマンションを案内してもらうことになった。そして担当してくれたスタッフが私に尋ねてきた。

「職場はこれから行くマンションから近いのですか？」

「今はまだ求職中で……。できれば大手町《おおてまち》近辺で働きたいと思っていて、その沿線上の近くのマンションを探していたんです」

派遣で働くことを前提に考えながら質問に答える。

「そうだったんですね。では連帯保証人の方はご両親でも大丈夫そうですか？」

「連帯保証人？」

「家を借りるときの連帯保証人です。今は保証人なしの物件も増えていますが、このマンションは貸主が連帯保証人は親族の方を希望されてまして。ご両親はまだ働かれてらっしゃいますか？」

「は、はい……」

「ではおそらく大丈夫だと思いますが、無職、求職中の場合は入居審査が厳しくて通らない場合があるんですよね。おそらく連帯保証人の方の支払い能力を証明していただくようになると思います」

「それからご自身の住民票や引き落とし口座などが必要になりますので、もし今から見に行く物件が気に入られたら、ご用意していただくものをまたお伝えしますね」

連帯保証人のことなんて全く考えてもいなかった。貯金もまだいくらかはあるし、これから仕事を探して働けば家賃はどうにかなると思っていた。

それに住民票や引き落とし口座がいるということは、私の名前って……。

そこで初めて気づく。

私は今、桜井遥菜なのだろうか。

それともまだ綾瀬遥菜のままなのだろうか。

連帯保証人はお父さんになってもらうとしても、自分の名前さえもきちんと把握できていないのに、これでは契約どころではなかった。

綾瀬さんに離婚届をもう出したか聞いてみる？

いや、そんなことはできない。

今の私は離婚届を出したか確認したいのではなく、綾瀬さんの声が聞きたいだけだ。名前が気になるのなら役所に行って戸籍謄本を取ればいい。

まずはそこから始めないといけないと気づき、自分の考えの甘さに情けなくなってしまう。私は連れて行ってもらった物件だけ見ると、もう少し考えると言って断り、そのままホテルへ戻ることにした。

ホテルに戻り、ベッドの上に寝転がる。このままだと家も仕事も何も決まらない。一度静岡に帰った方がいいだろうか。こんな思いを抱えたまま帰りたくはないけれど、住む場所がないのでどうしようもない。

もう何もする気にもならなかった。住む家も決まらない。仕事も決まっていない。携帯の充電が切れそうなのがわかってはいたけれど、もう何も考えたくなくて私は布団をかぶってそのまま目を瞑《つむ》った。

日曜日の朝を迎え、携帯の電源が落ちていることに気づき、充電を始める。するとと不在着信のメッセージが入ってきた。そしてその表示された名前を見て、私は固まってしまった。

うっ、うそ……。綾瀬さん？

昨日の午前零時過ぎに綾瀬さんから何度も着信が入っている。

綾瀬さんがどうして？ 何かあった？

すぐにかけ直したいけれど怖くてかけ直せない。

もしかして離婚届を出した連絡とか……？

離婚届を出しておいてほしいとお願いしたのは私だけど、それを綾瀬さんの口から聞きたくない。私はすぐに電源を落とした。

きっと離婚届を出したから早く荷物を家から出ってほしいという連絡だ。

今すぐにでも帰って荷物を出したいけれど、今日は日曜日だ。綾瀬さんが絶対にマンションにいるはずだ。家も仕事も決まっていない情けない状態で綾瀬さんに合わせる顔もなかった。

明日、綾瀬さんが仕事に行っている間にマンションに戻って荷物を出し、そして静岡に帰ろう。

私はそう覚悟を決めるとフロントに行き、残りの宿泊を全てキャンセルした。

理人の告白

月曜日、私は朝ホテルをチェックアウトして、綾瀬さんのマンションに帰った。

マンションの前に到着すると既に十一時を過ぎていた。

綾瀬さんは今、会社に出かけているはずだ。

夕方までに必要なものだけまとめて、あとは申し訳ないけれど業者の手配だけして、綾瀬さんのいるときに全て不用品として取りにきてもらうことにしよう。

エントランスのドアを開け、一瞬驚いたような顔をしたコンシェルジュの女性がにこやかに挨拶をしてくれた。

もうここから出て行く人間なのでなんとなく顔を合わせづらい気がして、私は小さく会釈だけするとすぐにエレベーターに乗って部屋へ向かった。

たった五日間この場所から離れていただけなのに、すごく懐かしくて、そして胸が苦しい。

遅くても夕方の四時にはこのマンションを出ておきたい。

私は持っていた鍵で玄関のドアを開けると、靴を脱いでリビングへと向かった。

あれっ？　電気が点いてるの？

綾瀬さん、電気を消し忘れて会社に行ったのかな？

そう思いながらリビングのドアを開けた私はそのまま動けなくなってしまった。

「ど、どうして……？」

目の前には、いるはずのない綾瀬さんの姿があった。私を見た綾瀬さんが椅子から立ち上がる。

今日は月曜日だよね？

綾瀬さんは仕事のはずだよね？

なのにどうしてここにいるの？

驚きと同時にもう一度綾瀬さんの顔が見られると思っていなかったので、言葉が出てこない。

「あっ、あの……」

声を出そうとして、綾瀬さんに会えたことが嬉しくて涙が溢れてくる。

「ごっ、ごめんなさい……。理人さんが……いると思ってなくて……」

すぐに出ていきます――。

そう言いたいのに身体が動かない。

すると私の方へ近づいてきた綾瀬さんに、突然抱きしめられた。

「ごめん、遥菜。本当に、本当にごめん……」

何が起こったのかわからない。

どうして綾瀬さんが私を抱きしめて謝るの？

抱きしめられる力がどんどん強くなる。

「ごめんな遥菜。本当にごめんな。つらかったよな。俺、ほんとに……」

腕の力が強まるとともに綾瀬さんの言葉が続かなくなり、声が掠れてくる。

「俺、全部思い出したんだ。遥菜のこと全部……」

そう言って今度は腕を解き、私の顔を見つめた。綾瀬さんは涙を流していた。

「こんなに痩せて……。つらかったよな。全部俺のせいだよな……」

私の頭に、頬に、何度も優しく触れながら微笑みかける。

「理人さん、本当に……本当に記憶が戻ったんですか……？」

綾瀬さんは何も言わず大きく頷いた。

「良かった……。本当に良かった……」

嬉しくて、本当に嬉しくて、笑顔を向けながらまた涙が溢れ出す。

出て行く前に綾瀬さんの記憶が戻ったことがわかって本当に良かった。

それを聞いて安心したせいか、身体から力が抜け、ふらりとよろけてしまう。

「遥菜、大丈夫か？」

すかさず綾瀬さんが抱き留めてくれた。

「少しソファーに座って話をしてもいいか？」

綾瀬さんが神妙な表情をして私の顔を窺う。私が小さく頷くとそのまま連れられてソファーに座らされた。

だけど綾瀬さんは私の横には座らず、床に座り、いきなり私に土下座を始めた。

「遥菜に聞いてほしいことがあるんだ。遥菜、まずは本当にごめん。俺がしたことは許されることじゃない。それはわかっている。だけど遥菜にきちんと謝らせてほしい。俺は今まで遥菜をたくさん傷つけてきた。あの契約結婚もそうだ。俺の身勝手な理由から遥菜を巻き添えにした。そして今回のこと。記憶を失くしていたとはいえ、遥菜には本当に酷いことをした。他の女性の名前を呼んで遥菜と暮らしていたなんて、許されることじゃない。遥菜の気持ちを考えたら、本当に申し訳なくて……。謝っても謝り足りないけれど……。つらかったよな。本当にごめん……」

綾瀬さんが床におでこをつけて謝る。私はすぐにソファーから下りて床に座り、綾瀬さんの腕を掴んだ。

「理人さんが謝ることはないです。それは全部私が決めたことだから。理人さんは何も悪くない。私が……私がそうしようと思ったから……」

綾瀬さんのことを好きだったからだとは言えず、言葉を濁してしまう。

綾瀬さんは私を傷つけたと謝っているけれど、私が綾瀬さんを好きだったのだ。だから傷ついたなんて全く思っていない。

契約結婚だって最初は驚いたけれど、あれは清貴に振られた仕返しもあったのだ。

そして綾瀬さんと一緒に生活をするうちに、あんなにつらかった出来事が何とも感じなくなっていた。綾瀬さんに感謝することはあっても謝られることは何もない。

綾瀬さんを好きになり、梨香子さんのままでもいいから一緒にいたかった。

抱かれてみたかった。

だから一緒にいたのだ。

綾瀬さんが顔をあげ、涙を浮かべて私を見つめる。

そして優しく微笑みながら私の頭を撫でた。

「遥菜、ありがとな……。それでな遥菜。俺、ずっと遥菜のことが好きだったんだ」

そう言って、ふわりと笑った。

「いつだったかな。前に遥菜が酔いつぶれて帰ってきたときにはもう好きになっていた。あの日遥菜が『私には魅力がない』って泣いてな。俺、遥菜を泣かせた人間が許せなくて遥菜を抱きしめたんだ。そのとき俺は遥菜のことが好きだって気づいたんだ」

「うそっ……」

そんなの初耳だ。私が酔いつぶれて帰ってきたのは、美里さんと一緒に食事に行って、朝起きたら綾瀬さんのベッドで寝ていたというあの日だ。

あの日私が綾瀬さんの前で泣いたってこと？

「遥菜は覚えてないよな。覚えていたら絶対に俺に何か言ってくるもんな」

にこりと笑う綾瀬さんに戸惑いながら小さく頷く。

「俺な、自分があんな契約結婚を提案しておきながら、遥菜と生活していくうちに離婚するのが嫌になって。契約終了日なんて永遠に来なければいいと思いはじめてた。遥菜とデートがしたくてお礼がしたいと口実作ってデートに誘った。遥菜に触れたくて夫婦みたいに過ごそうと理由つけて遥菜と手を繋いだんだ。いい年した男がほんと情けないよな」

　綾瀬さんが私と同じ気持ちでいてくれたなんて信じられなかった。

　契約終了日が嫌だったことも、箱根に連れて行ってくれたのはデートだったことも、そして私と手を繋いでくれたことも――。

「それで箱根から帰ってきて一緒に食事をして、店からここまで二人で歩いて帰ってきただろ？　あのとき遥菜に自分の気持ちを伝えようと思ったんだ。遥菜のことが好きだっていう俺の想いをな。でも伝える前に遥菜の顔を見たらもう限界だった。あの日一日がすごく楽しくて、ずっと遥菜と本当の夫婦のように過ごしていたら言葉よりも先に身体が動いていた。気づいたら遥菜にキスをしていた。でもキスをしたあと泣いている遥菜の顔を見たら途端に怖くなったんだ。遥菜に嫌われたんじゃないか、遥菜を傷つけたんじゃないかと思って。まだ遥菜と一緒に過ごせる時間があるのに、それを失ってしまうのが怖かった。だから遥菜が、『今日は夫婦として過ごす約束だからキスぐらいする』って言ってくれたときはほっとしたんだ」

　あの夜のキスって……。

　私がすごく嬉しかったときだ。嬉しくて涙が出てしまったのに、綾瀬さんは私が嫌で泣いていると受け取ったんだ……。

あらためて知る事実に綾瀬さんの顔をじっと見つめてしまう。

「それで俺が倒れた日な。遥菜に話があるって言っただろ？　もう本当に遥菜と離れるのがつらくなって、俺の気持ちを話して遥菜に俺のそばにいてほしいとお願いしようと思ったんだ。そしたらあんなことになってしまって……。本当にごめん」

綾瀬さんが再び私に頭を下げる。

「理人さんが悪いんじゃないです。あの日、理人さんはすごく体調が悪そうだったのに、私がもっとちゃんと気づいていれば……」

「それは違う。俺は自分の体力を過信していた。考えが甘かったんだ。それが原因で記憶を失くし遥菜を傷つけた。それに遥菜は何度も俺と一緒に寝ることを嫌がっていたのに、俺が強引に遥菜のことを抱いた。しかも別の女性の名前を呼びながらだ。本当に許されることじゃないし、つらかったと思う。嫌な思いをさせて本当にごめん」

「理人さん、もう謝らないでください。梨香子さんと呼ばれても一緒にいたのは私が理人さんと一緒にいたかったから。離れたくなかったから。それに梨香子さんと呼ばれて抱かれたのも、私が理人さんに抱かれたかったから。好きだったから。だから私、すごく嬉しかったんです。理人さんと一緒にいられるなら梨香子さんのままでもいいと思っていました。私がそうしたかったんです」

その瞬間、綾瀬さんにきつく抱きしめられる。

「遥菜ごめんな。本当にごめんな……」

そして腕が解かれ、真剣な瞳が私に向けられた。

「遥菜、もしまだ俺にチャンスがあるなら、俺のそばにずっといてくれないか。俺のそばから離れないでほしい。俺は遥菜が好きなんだ。遥菜と一緒にいたいんだ。だから……契約は無しにして、俺とこの結婚を永遠に続けてくれないか」

綾瀬さんが私をじっと見つめる。

こんなに嬉しいことはあるのだろうか。

愛しいと思っていた綾瀬さんと、忘れようと思っても忘れられなかった綾瀬さんと、もう一度一緒に生活ができて、本当の結婚ができるなんて……。

「でも梨香子さんは……」

そう、梨香子さんはどうなるのだろう。

梨香子さんは私が綾瀬さんと離婚すると思っているはずだ。それにまだ綾瀬さんのことが好きなはずだ。

「かなり昔に終わったことだ。何の感情もない。きちんと俺の気持ちは……遥菜が好きだという気持ちは伝えたし、もう二度と俺たちの前に現れるなとも伝えてある。信じてもらえないかもしれないが、あいつの名前を呼びながら心で求めているのはずっと遥菜だった。こんなに自分が抑えられないくらい人を好きになったのは遥菜だけなんだ。それなのにどうして俺は遥菜のことを忘れてしまったんだろうな……」

綾瀬さんが瞳を潤ませ、悲しそうな顔をして私を見つめる。

記憶喪失になったのは綾瀬さんのせいじゃないのに。

「理人さん、病院の先生が言われてましたけど、記憶喪失っていつ記憶が戻るかわからないみたいです。すぐに戻る人もいれば、一カ月、一年……、十年かかる人もいるそうです。でも理人さんはこんなに早く私を思い出してくれました。だから私はすごく嬉しいです」

「遥菜……」

「理人さん。私……理人さんのことをずっと好きでいていいですか？　もう我慢しなくてもいいですか？」

こんなにも熱い気持ちをぶつけられ、私も抑えていた好きだという気持ちが溢れ出してしまう。

「我慢なんかしなくていい。俺がお願いしたいんだ。遥菜にもう一度俺のことを好きになってほしい」

嬉しくて幸せで、何度も頷きながら涙が溢れてくる。

綾瀬さんはその涙を指で拭ってくれながら、私を腕の中に包み込んでくれた。

「ありがとう、遥菜。こんなに傷つけたのに……。大切にする。遥菜のこと一生大切にする。幸せにするから。俺とずっと一緒にいてほしい。遥菜……愛してる……」

そして綾瀬さんから優しいキスが私の唇に落とされた。

「遥菜、聞いていい？」

昏が離れたあと綾瀬さんが優しい瞳を私に向けた。

「今日までどこに行っていたんだ？　ずっと遥菜のことが心配だったから……」

「お家を探そうと思って都内のホテルに泊まっていました」

「都内のホテル？　今日までずっと？」

「はい……」

「そっか。全て俺のせいだよな。それでまさか家を見つけたから戻ってきたわけじゃないよな？」

心配するように私の顔を覗き込む綾瀬さんに、私は自分の情けなさを思い出して視線を下に落とした。

「実は全くお家が決まらなくて……というか、仕事も決まってないのにどこに住むかも決められなくて。それに無職だとお家を借りるのも大変みたいで。本当に自分が情けないです。考えが甘すぎて……。だから静岡に帰ろうと思って必要な荷物を取りに戻ってきました」

「静岡に帰る？　そんなことまで考えていたんだな。本当にごめん。でも遥菜が帰ってきてくれて本当によかった」

綾瀬さんの手が優しく私の頬に触れた。

「それより理人さんはどうして会社に行かれてないんですか？　もしかして体調がよ

くないんですか？」

綾瀬さんは私のことを心配してくれているけれど、今日は月曜日だ。月曜日のこんな時間にお家にいるなんてあり得ない。

「俺は遥菜を待っていたんだ」

「えっ？　私を？」

私の戸惑った表情に綾瀬さんは柔らかく笑った。

「実は記憶が戻ってから遥菜に会いたくて電話をしようとしたんだ。だけど遥菜の性格だと俺が電話をしても出ないだろうと思った。それに着信なんか残したらますます俺を避けるだろうとな。それでどうしようと考えたときに、遥菜の荷物はまだあるし、このマンションの鍵は持っているし、絶対に一度はここに帰ってくると思ったんだ。遥菜が出て行ったのは俺が会社に出かけていた時間だ。ということは帰ってくるのも俺がいない時間、おそらく平日の俺が会社に出かけているときを狙って帰ってくると思って、今日からここで仕事をすることにしたんだ。俺の推理、当たってるだろ？」

にやっといつもの意地悪をして困らせるときの笑顔を私に向ける。

本当に全部当たっている。

私は綾瀬さんがいないと思って今日戻ってきたのだ。

綾瀬さんがそんな風に私のことを考えていてくれたことに、すごく幸せな気持ちになってくる。

「遥菜が出て行って五日しか経ってないのに、こんなにも自分がつらいとは思わなかった。遥菜、ほとんど食事をしてないんだろ？　頬が痩せているもんな」

つらそうな顔をしながら何度も私の頬に触れる。そしてまた抱きしめられた。

「これから一緒に食事に行こうか。何が食べたい？」

ぎゅっと抱きしめたまま頭上から優しい声が降り注ぐ。

食事に出かけるよりこのままずっとここにいたい。

こうしてこの腕の中にいたい。

綾瀬さんのそばを離れたくない。

「理人さん。ここで……何か作ってもいいですか……？」

少しだけ身体を離し、綾瀬さんに視線を向ける。

「遥菜は疲れているだろ？　そんなに無理しなくていいんだ。食べに行こう。何が食べたい？　何でもいいぞ」

「私は理人さんとここで食べたい……。理人さんのそばにいたい……。それに冷凍庫の中に材料も残ってるし。作ってもいいですか？」

綾瀬さんに好きだと言われたからと言って、こんなわがままを言ったら綾瀬さんは嫌がるだろうか。面倒な女性だと思われてしまうだろうか。やっぱり外に食事に行くと言った方がよかったかもと不安になりながら様子を窺う。

「そんな可愛い顔をして言われたら俺の方が嬉しくてにやけてしまうだろ。遥菜、本当に俺に食事を作ってくれるのか？」

嬉しくて頬を緩めて大きく頷く。

「なあ、その笑顔反則だろ」

綾瀬さんは再び私をぎゅっと抱きしめると、おでこにキスをした。

キッチンに行き、冷蔵庫の中にあった材料でエリンギとベーコンの和風パスタとコーンクリームのスープを作り、そして私がいない間に熟れていたゴールデンキウイを切ってテーブルに並べた。

「理人さん、できました」

ソファーテーブルで仕事をしている綾瀬さんに声をかける。

綾瀬さんはパソコンをそのままにして、すぐにダイニングテーブルにやってきた。

「遥菜のパスタは旨いんだよな。食べていい？」

嬉しそうに料理を見ながら微笑んでくれる顔に、私も笑顔で頷く。

一人で食べるごはんは何を食べてもあまり味がしなかったのに、綾瀬さんと一緒に食べるとどうしてこんなにも美味しく感じてしまうのだろう。

「遥菜、本当に旨い。やっぱり遥菜のごはんは美味しいよな。俺、これから毎日遥菜のごはんが食べられるんだよな」

整った顔を綻ばせ、私にとびきりの笑顔を向けてくれる。私の作った料理を美味しそうに食べてくれる姿が見られるだけで嬉しいのに、こんな風に私を喜ばせる言葉まで言ってくれるなんて幸せな気持ちで満ち溢れてしまう。

「なんか理人さんとこんな風にごはん食べているのが夢みたい……」

「夢なんかじゃないよ。俺は絶対に遥菜のそばを離れないし、もし遥菜と離れてしまったとしても、必ず見つけるし、必ず迎えに行く。言っておくけど俺は嫉妬深いぞ。遥菜に近づいてくる男は全て排除するからな」

にこにこと微笑みながら本気とも冗談とも取れるような言葉を口にする。

「私に近づいてくるような人なんていません」

「遥菜はわかってないな。俺は遥菜に好意を寄せる男の目がわかるんだ」

「もう冗談ばっかり……。それより私は理人さんの方が心配です。いろんな女の人にモテちゃうから……」

「俺は遥菜しか見えていない。だからどんな女が近づいてきたとしても、俺には遥菜だけだ。遥菜しかそばにいてほしくない」

こんなことを言う人だとは思っていなかったので思わず目を瞠ってしまった。

幸せすぎてじわじわと嬉しさが込み上げてくる。

「もしかしてその顔は引いたか？　やっぱり嫌になったから出ていくとか言わないでくれよ。嫌だったら直すように努力するから……」

「理人さんにこんなことを言ってもらえるとは思ってなかったからすごく嬉しくて……。私も理人さんのことが大好きだから」

「遥菜、だから言っただろ、その顔は反則だって……」

綾瀬さんはそう言って両手で顔を覆っていた。

偽りの愛の向こう側

「遥菜、少しはゆっくりできたか？」

お風呂から出てリビングに戻ると、ソファーに座っていた綾瀬さんが私を呼んだ。

パジャマ姿で顔を合わせるのはなんとなく気恥ずかしくて、少し緊張しながら綾瀬さんの隣に座る。すると綾瀬さんが優しく私の手を握ってきた。

「遥菜、家探しやホテル生活で相当疲れただろ？　今日は俺に気を遣わなくていいから向こうの部屋で一人でゆっくり寝たらいい。これからはずっと一緒にいるし、無理しなくていいから」

片手で私の髪の毛に触れながら優しく顔を覗き込む。私を気遣ってくれる優しさが嬉しくて胸がいっぱいになってしまう。

確かに少し疲れてはいるけれど、これからはもう何も我慢しなくてもいいのだ。

綾瀬さんと離れたくないし、大好きな綾瀬さんのそばで一緒に眠りたい。

「私は理人さんと一緒がいいです。一緒に寝たら……だめですか？」

綾瀬さんにこんな大胆なことを言うなんて――。

急に恥ずかしくなり視線が合わせられないでいると、握られていた手に力が入った。

「俺はもう遥菜と一秒たりとも離れたくないんだ。全然構わないし、むしろ嬉しくて堪らない。だがな、遥菜と寝るだけなんて俺には絶対に無理だと思う」

その言葉が何を意味しているのか。理解したうえで微笑む。

綾瀬さんはもう一度私の手を握り直すと、熱のこもった瞳を向けてきた。

「遥菜のこと、抱いてもいいか？」

真《ま》っ直《す》ぐな熱い瞳で見つめられこんなストレートな言葉を言われてしまうと、私だって嬉しくて堪らない。ドクンと胸が飛び跳ね、身体の奥が甘く疼き始める。恥ずかしさに負けそうになりながらも小さく頷くと、綾瀬さんは柔らかく微笑んだ。

綾瀬さんに手を引かれそのまま寝室へと移動する。そしてベッドに入るとすぐに綾瀬さんの腕の中に包まれた。恥ずかしいのと嬉しいのと幸せなのとで、もうドキドキがとまらない。

「ここに遥菜がいるなんて、夢みたいだ」

「夢じゃないってさっき理人さんが言いました。私だって夢だったら嫌だから……」

「そうだよな。夢じゃない。俺の腕の中に、ここに遥菜がいる……」

おでこに優しいキスが落とされる。

「あー、遥菜だ。それにこの甘い香り、俺の大好きな遥菜の匂いだ……」

今度は抱きしめながら首元に顔を近づけ、息を吸い込みながら唇を首筋に這《は》わせた。

「んっ……理人さん……。それって私の匂いじゃ……」

吐息を漏らしながら綾瀬さんの胸に顔を埋める。

確か私を初めて抱いてくれたときに、綾瀬さんが梨香子さんのことを思い出していた香りのはずだ。あのときはシャンプーの匂いだと言って誤魔化したけれど、綾瀬さんは私の匂いだと思い込んでいるのだろうか。少しショックな気持ちになってしまう。

だけど次の言葉で私は驚きの事実を知ってしまった。

「この甘い香り、遥菜が酔っぱらって帰ってきたときに俺が一度抱きしめたって言っただろ？　あのときに初めて気づいたんだ」

「えっ？　私の？」

胸に埋めていた顔を上げ、綾瀬さんを見つめる。

「遥菜以外の誰だって言うんだ？　あと箱根で海賊船に乗ったときも俺が後ろから遥菜のこと抱きしめたよな。あのときにも感じたんだ」

そんなこと全然知らなかった。まさか私の匂いだったなんて。

初めて抱いてくれたとき、思い出していたのは梨香子さんのことじゃなくて、私だったってこと？

信じられないのと嬉しいのとで綾瀬さんの顔をじっと見てしまう。

「どうしたんだ、そんな顔して？」

「あっ、どのシャンプーの匂いかなと思って……」

ここで梨香子さんの名前を出すのは憚られてしまい慌てて取り繕ってみたものの、実際に何の匂いのことを言っているのか気になってしまう。

「これはシャンプーの匂いじゃない。遥菜から出ている香りだな。俺が吸い寄せられる香りだから」

吸い寄せられるって……。なんだかミツバチみたい……。

ミツバチになった綾瀬さんを想像してしまい、つい吹き出してしまいそうになる。

綾瀬さんはフェロモンだと冗談を言うけれど、おそらくシャンプーやボディークリームの匂いが混ざって甘い香りに変化しているのだろう。

「そういえば思い出した！　海賊船で俺が後ろから遥菜を抱きしめていたら、遥菜がちょうど遥菜の胸に当たってしまって。俺はもう理性を保つのが大変だったんだ。俺の腕を掴んだんだ。俺は手が解かれるんじゃないかと焦っていたら、なんと俺の手がちょうど遥菜の胸に当たってしまって。俺はもう理性を保つのが大変だったんだ。遥菜は無自覚であんなことをしてくるんだからな。ほんとに……」

箱根での出来事を思い出して綾瀬さんが頬を緩めて笑みをこぼす。

確かあのときって……。

私がわざと綾瀬さんの手を胸に当てたときだ。

綾瀬さん、ちゃんとわかっていたんだ……。

今度は私が嬉しくて頬を緩めてしまう。

「どうした遥菜？　何がおかしいんだ？」

「実は……あれってわざとなんです」

「はっ？　わざと？」

「あのとき理人さんにもっと私に触れてほしくて、私を女性として感じてほしくて、だからわざと理人さんの手を胸に当てたんです」

綾瀬さんは驚いた様子で目を丸くして私を見ている。

「遥菜、あれは本当にわざとだったのか？」

頬を緩めていた綾瀬さんがとても真剣な顔をして尋ねてきた。

「そうです。でも気づかれていたなんて全然知りませんでした。理人さん全然反応してくれないし、それ以上触れてもくれないし、すごく普通だったからショックだったんです。やっぱり私には女性としての魅力がないんだなって落ち込んでいました」

あのときは本当に落ち込んでしまった。私には何の魅力もないのだとあらためて実感させられたのだ。

「触れられるわけないだろ？」

「でも本当の夫婦として過ごしていたから私を女性として見てほしくて……」

「あのな、遥菜……」

綾瀬さんの腕に力が入り、ぎゅうっと抱きしめられる。

「あのとき俺がどんなに理性を保つのが大変だったか知っているか？」

「えっ？」

「魅力がない？　遥菜は自分のことが全くわかってないな」

「私がわかってない……？」

「そうだ。遥菜が俺の手を胸に当ててくれたおかげで俺はものすごく大変だったんだ。こんな風にな……」

優しく唇が塞がれた。私の指の間に自分の指を深く絡ませ、熱い吐息が漏れ始める。長い指をゆっくりと私の頬に滑らせ、熱のこもった潤んだ瞳を向けた。

「俺以外の男にそんなことをするのは絶対に許さない……」

「理人さん以外の人に……私はそんなことしない……」

「遥菜は誰にも触れさせない」

そして再び唇が塞がれた。綾瀬さんに酔わされるたびに全身が甘く痺れ、愛されている実感に幾度となく身体が跳ねあがる。

激しくて、でも優しくて、何度もじらされて……。

遥菜と呼んでくれることが嬉しくて目尻からは涙がこぼれ落ちてきた。

「遥菜、好きだ……」

「私も……理人さんが好き……」

「愛してる……愛してる遥菜……」

幸せすぎるほどの愛される行為に心が満たされていく。

綾瀬さんは最後に私を強く抱きしめると、遥菜愛してる――と囁いて私に深い愛を放ってくれた。

「遥菜、大丈夫か？」

綾瀬さんの声で朦朧としていた意識がゆっくりと戻り始める。綾瀬さんが心配そうに私の顔を覗き込んでいた。

「大丈夫……です」

幸せで満たされた余韻に浸りながら綾瀬さんに向けて頬を緩める。

「無理をさせて悪かった」

「そんなことないです。私、すごく幸せ……」

綾瀬さんは嬉しそうに微笑んで私を抱きしめると、サイドテーブルから何かを手に取った。

「遥菜、左手を貸してくれるか？」

言われるがままに綾瀬さんの前に手を差し出す。

するとと薬指に私の結婚指輪がはめられた。

「これって……」

「遥菜が持っていた結婚指輪だ。悪いと思ったんだが遥菜を探す手がかりがほしくて、勝手に遥菜の部屋に入らせてもらったんだ。そこで見つけた。俺のためにこの結婚指輪を隠しておいてくれたんだろ？　つらい思いをさせて本当にごめんな」

綾瀬さんが自分の薬指にも指輪をはめた。

再び薬指に収まった二つの指輪が嬉しそうに輝く。

「これで本当に夫婦だな。遥菜、俺とこうして一緒にいてくれてありがとう」

全てを包み込んでくれるような優しい笑顔で私を見つめてくれる。私も同じように笑顔を向けた。

「それでな遥菜、遅くなったけど結婚式をしようと思うんだ」

「結婚式ですか？」

「こうして本当の夫婦になったんだ。遥菜のウエディングドレス姿も見たいし、遥菜の両親にも早くその姿を見せてあげたい。近いうちに一緒に式場を見に行こう」

綾瀬さんと結婚式を挙げるなんてそんなことは考えてもいなかった。

ただ一緒に居られればそれでいいと思っていた。

そんな風に考えていてくれたうえに、私の両親のことまで思ってくれることに胸がいっぱいになってしまう。

「遥菜、遅くなってごめんな。一緒に幸せになろうな」

私はこれ以上ない幸せな笑顔で大きく頷いた。


「理人さん、いってらっしゃい」

玄関で靴を履き終えた綾瀬さんに手に持っていたビジネスバッグを渡す。

受け取った綾瀬さんは黒くて綺麗な瞳を私に向けた。

いつもならそのまま「行ってきます」と言って玄関を開けるのに、今日はどういうわけかドアを開けず、その場に立ったままだ。

「理人さん？　どうしたんですか？」

するとどこか不服そうな表情が戻ってきた。

「遥菜、何か忘れてないか？」

「えっ？　何か頼まれていましたっけ？」

何を頼まれていただろうかと必死で思い出す。

「頼んではいない。だが忘れているだろ？」

「頼んでいなくて忘れているもの？　あっ、結婚式の式場！　今日の十六時ですよね。遅れないようにホテルまで行きますから大丈夫です」

「そうじゃない。他に忘れていることがあるだろ？」

えっ？　違うの？　式場のことじゃない？

「ごめんなさい理人さん。何かわからないです……」

「本当にわからないのか？」

拗ねたようにじろりと見つめられて視線を下に落として小さく頷く。

「ごめんなさ……」

「仕方ないな……」

その瞬間、後頭部を引き寄せられて唇が塞がれた。目を見開いたまま身体が固まってしまう。そして理人さんはゆっくりと唇を離すと、嬉しそうに私に顔を向けた。

「明日からは忘れるなよ。じゃあ、行ってくる」

「えっ、あっ、はい……いってらっしゃ……い。あっ、理人さん、リップ！　ごめんなさい。リップが口についちゃいました！」

ドアを開けて叫んだところで隣のドアが開き、年配のご夫婦が現れた。

恥ずかしくて顔が真っ赤になりながら小さく会釈する。そして私は隠れるように玄関のドアを閉めた。

もう！　隣のご夫婦に見られちゃったし……。

それに気づいたら理人さんもういないし……。

でも、嬉しい……。

理人さんが微笑んでくれることが、名前を呼んでくれることが、そしてたくさん触れてくれることが嬉しくて堪らない。自然と綻んでくる顔を両手で押さえる。

会社を辞めたときは全てが終わってしまったような絶望的な気持ちだった。

理人さんの家で家政婦を始めた時はこんな日が来るなんて思いもしなかった。

いつの間にか理人さんのことを好きになり、悩んで苦しくて泣いたこともたくさんあった。

記憶から忘れられてしまったときは言いようのない悲しみとつらさで胸が張り裂けそうだったけれど、それ以上に理人さんのことが好きで愛おしくて堪らなかった。

だからつらくても一緒にいることがすごく幸せだった。

偶然、縁、運命……。

いろんなことが重なりあって、今がある——。
愛する人と、理人さんと一緒に過ごせる幸せ。
この先何が起こったとしても私はもう絶対に迷わない。
理人さんのことが好きという気持ちに偽りはないから。
私たちの想いを全て知っている薬指の指輪が眩しいほどにキラキラと輝く。
私はとても幸せな気持ちに包まれながらリビングの窓を開けた。

誓いのキス

冬晴れの青空が澄み渡った二月の日曜日。

世界各地でカップルの愛の誓いの日と言われるバレンタインデーというこの日に、私と理人さんの挙式がここプレジールホテルで行われる。朝の早い時間帯からホテルに入り、既に挙式の支度を終えた私はメイクルームの大きな鏡に映る自分を見つめていた。

不安そうな表情をしているけれど、それ以外はいつもとは全く違う別人の私が映っている。ふんわりとウエーブを出して巻いた髪をお団子風に纏めたローシニヨンの髪型に、ハートのプリンセスタイプのティアラをつけられ、ピンクを基本とした華やかで可愛らしい雰囲気のメイク。そしてオーガンジー素材でAラインのエレガントなドレス。初めてこのドレスを見たとき、胸元に入ったレースの刺繍《ししゅう》とくるりとリボンにデコレーションされた立体的なフリルのラインがとても綺麗で、私は一目見て気に入ってしまった。

ちなみにデコルテから背中まで肌が出ているビスチェタイプのドレスだったので、理人さんはもっと露出の少ないドレスがいいと言って反対したのだけれど、ホテルのスタッフがこのドレスが一番似合うと言ってくれて、私が選んだドレスに決まった。

大好きな理人さんと、気に入ったドレスを着てこうして挙式ができるというのに、どうしても朝から緊張感が拭えない。

そもそもどうして挙式がこの日になったのかというと——。

理人さんの記憶が戻り、二人でお互いの気持ちを伝え、結婚式をしようと理人さんに言われた十二月の初旬、私たちはさっそく結婚式場を見に行った。

その候補のひとつにあがっていたのがこのプレジールホテル。

大和建設の設立五十周年パーティーに理人さんの妻として初めて出席したあのホテルだ。理人さんは式場の条件として、費用がかかってもどの式場でもいいから、とにかく一番早く挙式ができる式場を探していた。

私と結婚をしてから既に一年以上過ぎているのに、これ以上挙式を先延ばしにしたくないという理由だった。私はそんなことは全く気にしないと言ったのだけれど、理人さんは頑としてそこは譲らなかった。

そうは言っても理人さんは綾瀬不動産の御曹司だ。

前に言っていたように招待客を呼ぶとなると大々的になるはずだ。

そんなに早く挙式をしたら招待される側も大変ではないかと思い、私は理人さんに急がなくていいともう一度伝えてみることにした。

「理人さん、結婚式ですけどそんなに急がなくても……。私はこれからも理人さんと一緒に過ごせれば別に結婚式はしなくてもいいんですけど……」

そう口にした途端、すぐに理人さんから厳しい視線が飛んできた。

「何を言っているんだ。遥菜のご両親だって遥菜の花嫁姿を見るのをずっと待っていたはずだろ？　本当に申し訳ないしこれ以上先延ばしにしたくないんだ。それと結婚式は大々的にはせず、家族だけでしようと思っている。それだと準備もそこまでいらないしな。遥菜の友人は呼んでも構わないからな」

招待客は家族だけだと聞いて少しほっとするけれど、本当にそれでいいのだろうか。

「理人さん、本当に家族だけで大丈夫なんですか？　私としては大きな結婚式ではないのはすごく嬉しいですが、理人さんは綾瀬不動産の御曹司だし、仕事関係の方とか招待しないといけないんじゃないですか？」

「そんなことは気にしなくていいよ。これは俺と遥菜の結婚だ。主役は遥菜なんだ。それに親父と兄貴にも話したんだ。一年以上も遥菜を待たせているから俺は早く結婚式がしたいってな。早く遥菜を俺の妻だときちんとみんなに認めてもらいたいんだ」

こんな照れてしまうような台詞《せりふ》を理人さんは恥ずかしげもなく真剣な顔をして平気で言う。お互いに気持ちを伝えてからというもの、理人さんの気持ちの表し方が日に日に大胆になり、赤面してしまうほどにストレートになっていった。

そして二人で初めて式場を見に行ってから一週間後、挙式は早くても半年後、それも仏滅の日曜日で夕方の六時以降という日程しか空いていない中で、理人さんが嬉しそうな顔をして仕事から帰ってきた。

「遥菜、結婚式の日取りが決まった。二月十四日のバレンタインデーだ。いい日だろ?」

どうだと言わんばかりにイケメンの顔を綻ばせ、満面の笑みを向ける。

「二月十四日ってもうすぐですよね? そんな日がどうして空いていたんですか?」

一週間前はどの式場も空いていなかったはずだ。

「挙式だけということでなんとかお願いして入れてもらった。披露宴は別でレストランを貸し切ってしまおうと思う。家族だけだしその方がいいだろう。遥菜、挙式だけやろう。やっと遥菜のウエディングドレス姿が見られる!」

「あっ、えっと、場所はどこなんですか?」

「場所はあのプレジールホテルだ。無理を承知で大和建設の社長からホテルにお願いしてもらったら、なんと挙式だけならということで入れてもらえたんだ」

普段は他人に、しかも大和建設の社長に頼むことなんて絶対にしない人なのに、理人さんはそんなにまで早く結婚式がしたかったのだろうか。驚いて言葉を失っていると、理人さんが少し言いづらそうに私を見つめ返してきた。

「それでな、遥菜。ひとつお願いがあるんだ」

「お願いですか?」

「今回挙式を入れてもらうにあたって、大和建設の社長からひとつ頼まれごとを引き受けたんだ」

「頼まれごと？」

「挙式はホテルのチャペルでお願いしたんだが、あのホテルのロビーに大きな螺旋《らせん》状のスロープがあったのを覚えているか？　あそこを遥菜と歩いて降りてきて、チャペルの挙式とは別にもう一度挙式をしてほしいと言われたんだ」

「どういうことですか？」

挙式を二回するってこと？

よく意味がわからなくて首を傾げてしまう。

「チャペルでは家族で本当の挙式をして、ロビーではブライダルフェアーのモデルとして挙式をするということだな」

「もっ、モデルですか？」

驚きすぎて声がひっくり返ってしまう。

「ああ、ロビーウエディングのモデルだ。プレジールホテルではあのロビーを使ったウエディングを大々的に広めたいみたいなんだ。ロビーだから一般客もたくさんいるだろ？　ちょうど二月十四日はバレンタインデーでカップルも多いだろうということで、せっかくならモデルをやってくれないかと言われてな」

あの螺旋状のスロープを理人さんと一緒に歩いて降りてくるってこと？

それも知らない人たちの前で？

「悪い遥菜。先に決めてしまって。知らない人たちに遥菜のウエディングドレス姿を見せるのはとても癪《しゃく》なんだが、まあ俺はずっと遥菜の隣にいられるからな。仕方ないということで手を打った」

「手を打ったって……」

「ごめん。この通りだ！」

胸の前で両手を合わせながら必死な顔を私に向ける。

こんな顔を向けられたら嫌なんて言えないし……。

「わかりました。じゃあ両親に連絡しておきますね」

そう答えた瞬間、ぎゅうっと抱きしめられる。

「ありがとう遥菜。二月が楽しみだな」

嬉しそうに顔を綻ばせた理人さんから優しいキスが落ちてきた。

そんなことがあっての今日は二月十四日。理人さんと私の挙式がもうすぐ始まる。

緊張を和らげるために深呼吸を繰り返していると、メイクルームのドアがノックされ、正装したお父さんとお母さん、そして大樹が入ってきた。

「遥菜、まあ綺麗にお化粧してもらって……。すっかり花嫁さんね」

私の顔を見たお母さんがにっこりと微笑みながら目を潤ませている。

家族と会うのは理人さんと一緒に結婚の挨拶に行って以来だ。久しぶりに見る三人の笑顔に私も涙腺が緩み始める。

「お母さん……。お父さんも大樹も急だったのにごめんね。今日はありがとう。それとずっと静岡に帰れなくてごめんなさい。今日は朝早かったんでしょ？　大変だったのにごめんね」

「朝は早く出たけど全然大変じゃなかったのよ。理人さんが新幹線やハイヤーを全て手配してくれたの。私たちは静岡から乗り物に乗ってきただけ。それも新幹線はグリーン車でね。とっても快適だったわ」

　仕事が忙しいのにそんな手配までしてくれていたんだ……。

　理人さんの優しさに心がとても温かくなる。

「グリーン車は快適だし、それにこのホテルまで連れてきてくれた早川さんだっけ？　俺たち早川さんから延々と理人さんの姉ちゃんへの溺愛ぶりを聞かされてさ。あれじゃあ姉ちゃんが静岡に帰って来られないわけだよな」

　えっ？　早川さん？

　今日は日曜日なのに早川さんがお父さんたちを運転して連れてきてくれたの？

　色々と申し訳なく思う私とは対照的に、大樹がにやにやと意味深な表情を私に向けてくる。早川さんから何を聞いたのかはわからないけれど、その顔を見ているとなんだか恥ずかしくなってきた。

「遥菜、良かったな。理人くんも元気になって本当に良かった。安心したよ。それにやっとこの日を迎えられた。遥菜、綺麗だよ」

　今度はお父さんが目を細めてにっこりと微笑んでくれた。

理人さんが記憶を失くしたときにお父さんに泣いて電話をしたことを思い出して、また涙腺が緩みそうになる。なんとなくしんみりとした雰囲気になったところで大樹がまた私を茶化し始めた。

「それより姉ちゃん、結構化けていつもと別人みたいだよな」

「結構化けたって失礼ね。久しぶりに会ったのにもっと他に言い方があるでしょ！」

「遥菜も気になるけど、それより早く理人さんが見たいわ。きっと王子様みたいにかっこいいわよ」

娘が目の前にいるというのに、お母さんはそわそわとしながら乙女のような表情をして理人さんを待っている。

「母さん、理人さんは姉ちゃんの旦那だよ。母さんが期待したって理人さんは姉ちゃんしか見えてないんだから。早川さんが言っていただろ？」

「でも見るのは無料でしょ。目の保養よ！」

全くこの二人は……。

いつもこんな風に親子漫才のような会話が始まる。

そんな懐かしい姿に癒されながら、私は久しぶりに家族に会えた嬉しさで心から笑顔になっていた。

するとメイクルームのドアがノックされた。

「あっ、どうぞ。奥様のご家族がお揃いですよ」

スタッフの声が聞こえてドアに視線を向けると、光沢のあるシルバーグレーのロングタキシードを身に纏った理人さんの姿が現れた。

こんなにもタキシードの似合う人がいるのだろうか。

まるで物語の世界から飛び出してきた本当の王子様のようだ。

端正な顔立ちに、スラリと伸びた長い足。そして全身から醸し出される男性らしい色気を感じる姿にドクンと心臓が跳ねあがり胸がときめいてしまう。

うわぁ！　かっこいい！

溜息が出てしまうほどの素敵な姿に、その場にいた女性全員がうっとりと理人さんを見つめていた。

「まあ、やっぱり王子様だわ！　理人さん素敵ねえ……」

目の前の娘と息子を差し置いて一瞬にして魅了されてしまったお母さんの声が響き、女性スタッフ全員がその言葉に頷いている。

「お義父さん、お義母《かあ》さん、そして大樹くん。ご無沙汰しております。今日は遠いところありがとうございます。籍を入れてから挙式までの時間がこんなにも遅くなりまして本当に申し訳ございません」

理人さんは周りのうっとりと見つめられる視線には全く気づいていないのか、それともこういうことには慣れてしまっているのか、いつもと変わらない態度で私の両親に挨拶をして頭を下げた。

「理人くん、こちらこそ私たちの交通や宿泊の手配までしてもらって申し訳なかったね。理人くんもいろいろ大変だっただろう。記憶が戻って本当によかった」

「ご心配をおかけしました。そして遥菜には大変つらい思いをさせてしまいました。今回のことで自分の体力を過信していたことを反省し、もう二度と遥菜を悲しませないためにも、これからは自分の体調管理を怠らないようにいたします。本当に申し訳ございませんでした」

「特に理人くんは会社を背負って立つ人だ。やっぱり無理してしまうのはよくわかるし、家族を養っていく人間として私も理解できるよ。でも医者として言わせてもらうなら、やっぱり身体には気をつけてほしい。どんなに健康な人間でも無理をすると必ず不調がでてくるものだからね」

「今後は気をつけます。ご心配をおかけしました」

「それにしても、遥菜が大泣きをして電話をしてきたときにはどうなることかと思ったけれど、こうして元気な姿が見られて本当に安心したよ。それとこんなにも遥菜のことを想ってくれて父親として一言お礼を言わせてほしい。理人くん、遥菜のことを大切にしてくれて本当にありがとう。そしてこれからもよろしくお願いします」

お父さんが理人さんに頭を下げる。その姿に思わず涙がぽろりとこぼれてしまった。お母さんも目を赤くして、珍しく大樹も少し目を潤ませている。

「お義父さん、頭をあげてください。僕の方がいつも遥菜に助けられているんです。

遥菜には感謝しかありません。お義父さんやお義母さん、大樹くんに安心していただけるように僕が一生遥菜を守り、必ず幸せにします。これからもどうぞよろしくお願いいたします」

両親にこんなことを言ってくれるなんて……。

理人さんの言葉が嬉しくて瞬く間に涙が溢れ始める。

そして理人さんが私に視線を向けた。

だけどじっと見つめたまま笑顔も見せてくれず、何も言ってくれない。やっぱり大樹が言っていたようにいつもとは別人すぎるこの姿に驚いているのだろうか。

「理人さん……？」

「遥菜……可愛すぎるだろ……。なんて綺麗なんだ。こんな綺麗な女性が本当に俺の奥さんなんだよな。ああ……誰にも見せたくない！」

にこっと頬を緩ませたと思うと満面の笑顔で私に近づいてきて、両腕に手を添える。

えっ？　ちょっと、理人さん？

ここには両親と大樹がいるんだけど……。

そんなことを言われると嬉しいけど……でも恥ずかしい。

真っ赤になる私を見て、お父さんは聞こえないふりをして、お母さんは両手で口元を押さえながら嬉しそうに頬を赤く染め、大樹はぷっと吹き出していた。

「早川さんから聞いていた通りだ。理人さん、姉ちゃんのこと溺愛しすぎだから」

大樹の言葉に理人さんがくるりと振り返る。

「大樹君、溺愛という言葉では足らないくらい遥菜のことが好きで堪らないんだよ。これでも相当抑えているんだけどね」

家族の前なのに涼しい顔をして平気でそんなことを言う。

「ちょっ、ちょっと理人さん……」

私はさらに真っ赤になりながら、両親や大樹、メイクルーム全員のにやにやとした視線を感じていた。

そしていよいよ挙式の時間が近づき、お父さんたちは先にホテルのチャペルへと移動して行った。他のスタッフもそれぞれ動き始めたので、メイクルームで理人さんと二人になる。

「遥菜、本当に綺麗だ。この日を迎えるまで待たせてごめんな。遥菜のこと必ず幸せにするから。俺を信じてついてきてほしい」

「私はどんなことがあっても理人さんについて行きます。理人さんのそばにいます。私と結婚してくれてありがとうございます」

なんだか幸せすぎてまた涙がこぼれそうになる。

「何を言ってるんだ。その言葉は俺が言う台詞だよ。俺と一緒にいてくれてありがとう。そして俺と結婚してくれてありがとう。二人で楽しい家庭を築いて行こうな」

その言葉に大きく頷く。

「遥菜にキスがしたくて堪らない」

「理人さん！　ここにはスタッフの方がいるんですからね。今は絶対にやめてくださいね」

「そんなこと言うなよ、遥菜……」

「だめ。絶対にだめです！」

なんとか理人さんからのキスを躱していると、スタッフが戻ってきていよいよ私たちもチャペルへ移動することになった。

高層階にあるチャペルはホテルの中にもかかわらず、そこだけは別世界で本当の教会といった感じだった。理人さんと私、お父さん、そして進行の案内をしてくれるスタッフと一緒に扉の外で待つ。

いよいよこれから挙式が始まるということもあり、最高潮に緊張して胸がドキドキし始めた。チャペルの中から柔らかであたたかなパイプオルガンの音が聴こえ始め、「それでは新郎様のご入場です」という司会者の声が聞こえてきた。

「じゃあ遥菜、先に行って中で待ってる」

理人さんはにこりと微笑むと、吸い込まれるように開かれた扉の中へと入っていった。扉の外でお父さんと二人きりになる。

「お父さん、今までありがとう。結婚式、遅くなってごめんね」

「遥菜、本当に良かったな。遥菜が幸せでいることが本当に嬉しいよ」

お父さんの腕を掴んでいる手に力が入る。

「私、本当に幸せ。理人さんと一緒にお父さんとお母さんみたいな家庭を作りたいの」

お父さんが目を細めて優しく頷く。

「遥菜、おめでとう」

幼いころからの家族とのいろんな思い出が浮かんできて涙がこぼれ始めた。

「花嫁が泣いてどうするんだ。中で待っている理人くんがまた心配するぞ」

お父さんが理人さんの溺愛ぶりを思い出したのか、ふふっと笑みをこぼす。

そしてチャペルの中からアナウンスが聞こえてきて、目の前の扉が開かれた。

扉が開いた瞬間、暗かった室内が急に明るくなり始めた。パイプオルガン、讃美歌《さんびか》とともに左右のスクリーンが上がり、大きな窓が現れ、輝くほどの眩しい光と青い空、そして東京湾やベイブリッジが見えてきた。天気がいいので最高の景色だ。参列者のどよめきが聞こえてくる。

お父さんと一緒に一礼をしたあと、キラキラと輝くスワロフスキーが敷き詰められたガラス張りのバージンロードの上をゆっくりと歩き始めた。

祭壇のそばには、私の愛する理人さんが待っていてくれている。

その理人さんが待っている祭壇のそばまで来て、お父さんと理人さんがお互いに頭を下げ、私は理人さんと一緒に祭壇へと上がった。神父さんが静かに口を開く。

『新郎、理人さん、あなたは新婦、遥菜さんを妻とし、健やかなるときも、病めるときも、喜びのときも、悲しみのときも、富めるときも、貧しいときも、妻を愛し、敬い、慰め合い、共に助け合い、その命ある限り真心を尽くすことを誓いますか?』

「はい、誓います」

『新婦、遥菜さん、あなたは新郎、理人さんを夫とし、健やかなるときも、病めるときも、喜びのときも、悲しみのときも、富めるときも、貧しいときも、夫を愛し、敬い、慰め合い、共に助け合い、その命ある限り真心を尽くすことを誓いますか?』

「はい、誓います」

理人さんとお互いに顔を見合わせて微笑み合う。

今、この場にこうして立っているのが本当に夢みたいだ。

『それでは指輪の交換をいたします』

事前に預けていた結婚指輪を乗せたリングピローを神父さんが高く掲げ、参列者に見せる。

『新郎から新婦へ』

理人さんが私の左手を取り、優しく添えながら薬指に指輪を嵌めていく。

初めてこの指輪を着けたのは契約結婚のときだった。

二回目は理人さんの記憶が戻ってお互いの気持ちを伝えたときで。

そして今日、この挙式で私は同じ指輪を三回着けることになる。

そのたびごとに意味があった指輪。

私たちのいろんな想いを全部知り尽くしている指輪だ。

着けて一年以上経つというのに、私はとても新鮮な気持ちで薬指に着けられた指輪を見つめていた。

『新婦から新郎へ』

神父さんの言葉で今度は私が理人さんの薬指に指輪を着ける。

骨ばった男らしい理人さんの長い指。

大好きなこの指に触れられるたびに私はどんどん幸せに満ち溢れていく。

『それでは、誓いのキスを』

少しかがんで身体を前に倒すと理人さんがフェイスベールをあげてくれた。

理人さんの手が私の両腕に添えられ、ゆっくりと姿勢を元に戻した。

フェイスベール越しに見えていた理人さんの顔がクリアになり、優しく微笑んでくれる表情が目に入る。そして少しずつ理人さんの顔が近づいてきて、唇が重なった。

今までに何度もされているキスなのに、まるで初めてのような優しいキスで。

時間にするとほんの数秒なのに、緊張しているせいかとても長く感じられた。

唇が離れたあと、なぜか理人さんがにやりと微笑んだ。

この表情っていつも意地悪をするときの顔なんだけど……。

そんなことを思いながらも挙式は無事に終わり、私たちは一緒にバージンロードを歩き、それぞれの控室へと戻っていった。

挙式が無事に終わったことにほっと胸を撫で下ろす。

多分とても緊張していたのだろう。

椅子に座った途端、なんだか力が抜けた気分になってしまった。

「これから少しメイクを直してからロビーウエディングに移動します。今日はバレンタインデーなのでロビーは結構な人ですよ。モデルさんのようなお二人なので、きっと一般のお客様からも歓声があがると思います。私たちもすごく楽しみなんです。あのスロープから降りてくるお二人を想像するだけで鳥肌が立っちゃいそうです」

メイクを担当してくれる若いスタッフの女性が嬉しそうな笑顔を向けてくれる。

鏡の前ではもう一度髪型が直され、メイクもさっきとは別人の私に変身し始めた。

「先ほどはローシニヨンだったので、今度はハーフアップにしてヘアアクセサリーで華やかに飾りましょうか。きっとまたご主人様が最高の笑顔で喜ばれますよ」

女性スタッフはさっきの理人さんの言動を見ているせいか、楽しそうに髪型を変えていく。そしてほんの十数分でブーケのような白い花のヘアアクセサリーをつけた華やかなハーフアップの髪型ができあがった。先ほどとは全く違う雰囲気の自分に目を丸くしてしまう。

「今度はロビーウエディングですから少し派手にいきましょう。お似合いのお二人ですからね。きっとこれからロビーウエディングが増えると思います。私たちも忙しくなりそう」

スタッフと雑談を楽しんでいると、控室のドアがノックされる音が聞こえてきた。

「きっとご主人様ですよ。これはまた惚れちゃいますね。何て言われるか楽しみ！」

スタッフが言った通り、理人さんは控室に入った途端、私の顔を見て目を瞠った。

「遥菜、さっきと髪型を変えたのか？　うわぁ、可愛すぎるだろ。さっきのも良かったが、こっちもいいな」

理人さんの言葉にスタッフ全員が隅に固まってにやにやと視線を向けてくる。

「理人さん、そんなこと言わないでください。恥ずかしいです」

「どうしてだ？　可愛いものは可愛いだろ。こんなに可愛いとロビーウエディングなんかやめて帰りたくなるな」

可愛いと言ってくれるのは嬉しいけれど、スタッフの前なので恥ずかしすぎて顔から火が出そうだ。

「ご主人様、可愛い奥様を誰にも見せたくないのはとてもよくわかりますが、今日はこのホテルのスタッフ一同、お二人のロビーウエディングをとても楽しみにしているんです。そろそろ時間ですので移動していただけますか」

スタッフ全員の温かな視線を感じながら理人さんと一緒に吹き抜けになった二階のスロープに移動する。二階からロビーを見下ろすとたくさんのお客さんがロビーを歩いていた。

「もうすぐ曲がかかり始めますので、そしたらお二人でゆっくりとこのスロープを下りて行ってください。そのまま祭壇まで進んでいただきますと、神父さんがいらっしゃいます。そこでまた神父さんが誓いの言葉を言われますので、先ほどと同じように答えていただければと思います。では、よろしくお願いいたします」

既にロビーにいる何人かのお客さんが私たちの姿に気づき、『これから結婚式が始まるみたいよ』とざわざわしはじめた。

そしてロビーにうっとりと心に響くような聴き心地のいい曲が流れると、歩いていた人たちが足を止め、私たちを見上げはじめる。

「では、ゆっくりと歩いて下りてください」

スタッフの合図とともに私は理人さんと腕を組み、螺旋状のスロープをゆっくりと歩き始めた。フリルのドレスが歩くたびにふわふわと揺れていく。うっとりと心に響くような素敵なBGMの効果なのか、ロビーから歓声が聞こえ始めた。

お父さんやお母さん大樹に、理人さんのお父さんやお兄さん、優子《ゆうこ》さんや慧《けい》くんに蓮《れん》くん、そして湯川社長や佐山部長、美里さんや、大学の時の友達の理沙《りさ》や絵里子《えりこ》、高校時代の友達も見に来てくれている。

「遥菜、もう少しゆっくり歩いた方がいいか？」

理人さんが私に微笑みながら視線を向ける。

「理人さん、大好きです……」

溢れ出る想いをとめることができなくて、つい口から「好き」という言葉がこぼれ落ちてしまった。

「こんなところでそんなこと言うなんてずるいだろ。お礼にここでキスしてもいいか？　俺たちの結婚式だからいいだろ？」

理人さんが急に立ち止まり、私を見つめながら頰に手を添える。

これは演出だと思われているのか、観客からは再び歓声があがった。

「えっ？　ここで？　だっ、だめです。絶対にだめです」

「今日俺がどれだけ遥菜に触れたいのを我慢しているのか知っているか？」

「だめ。ここではだめです！　お家に帰ったらしてもいいから今は絶対にだめ……」

「家に帰ったらしてもいい？　その言葉、忘れるなよ」

きっと見ている人たちは私たちがこんな会話をしているなんて夢にも思っていないだろう。私は顔が熱くなるのを感じながら小さく頷いた。

一階のロビーまで下りてくると、ほとんどの人たちが立ち止まって私たちを見ているようだった。そのまま噴水の中に作られた祭壇に歩いていく。祭壇には先ほどの神父さんが穏やかな笑顔で立って待っていた。

先ほどと同じように誓いの言葉を言う。二回目なので気持ちに余裕はあるけれど、今回は周りに人が多すぎてその視線に緊張してしまう。

『それでは指輪の交換をいたします。新郎から新婦へ』

神父さんがまたにこりと微笑んだ。

先ほどの挙式で理人さんの指にも私の指にも既に結婚指輪は着けられている。

私は真似だけするのかと思い、左手を理人さんの前に差し出した。

すると、いきなり理人さんが片膝を立てて跪《ひざまず》いた。

周りが一瞬しんと静まり返る。

理人さん、どうしたの？　何をするの？

理人さんはポケットから小さな箱を取り出すと自分の手のひらに乗せた。

その箱をゆっくりと開けて私に微笑みかける。

箱の中には大きなダイヤの指輪が入っていた。

その瞬間、『きゃあぁぁっ！』とロビーから大歓声があがる。

「遥菜、遅くなったけど改めて俺と本当の夫婦になってほしい。新しく用意したんだ。この指輪を受け取ってほしい」

こんなサプライズって……。

感動して言葉が出てこない。理人さんは本当に王子様だ。

もう胸がいっぱいで、幸せすぎて涙が溢れ始める。

理人さんは箱からダイヤの指輪を取り出すと、私の左手の下から自分の手のひらを重ね、薬指にその指輪を着けてくれた。ロビーからは大拍手が起こり始める。

理人さんが立ち上がると、神父さんが『それでは、誓いのキスを』とまた微笑んだ。

今度はフェイスベールがないのでそのまま理人さんに視線を向ける。

理人さんがにやりとした表情をして私を見つめた。

さっきもこんな表情をしていたよね……。

この笑顔のときって絶対に何か意地悪するときなんだけどな。

先ほどと同じように理人さんが私の両腕に手を添えた。

ゆっくりと顔が近づいてくる。理人さんの様子が少し気になったけれど、私は幸せな気持ちに包まれながら目を閉じた。

唇が重なり、すぐに離れると思ったらなかなか離れない。

長い。さっきよりも長い……。長すぎる……。

そう思って目を開けて少し身体を後ろに引こうとした途端、肩に添えられていた左手が後頭部に移り、右手は頬に添えられた。

私を逃がさないように添えられた手には力が入り、誓いのキスが続く。

うっ、うそでしょ。

理人さん、ここってロビーだよ。

いろんな人が見てるんだよ……。

私が焦っていることは気づいているはずなのに、涼しい顔をしてキスを続けてくる。

『これドラマじゃないの？　本当の結婚式？』

ロビーがざわめきたったところで、やっと理人さんは唇を離してくれた。

きっと軽く一分は超えていたはずだ。

こんな大勢の、それも知らない人たちの前で、もう恥ずかしすぎて顔が真っ赤になるどころか、火を噴いてしまいそうなほどに熱くなってしまった。

少しピンク色になった唇の理人さんは、私に向けて満足そうににやりと微笑んだ。

あの笑顔はこのことだったんだ……。

今になってやっと理人さんの笑顔の理由に気づく。

私の心臓は尋常じゃないほどにドキドキと音を立てて波を打っている。

その後はどうやってこの挙式が終わったのか全く記憶がなく、私たちは参列者以外のお客さんにも祝福され、大歓声と大拍手の中を歩きながら螺旋状のスロープをあがって行った。


後日談として、このロビーウエディングはかなりの大反響だったようで、プレジールホテルに挙式の予約が殺到して大変らしいと理人さんが教えてくれた。

「プレジールホテルも大和社長も大喜びだ。俺たちがロビーウエディングの宣伝をしたようなものだからな。いくらか宣伝料をもらわないと割に合わないよな」

夕食のあと、ロビーウエディングの映像を見返していた綾瀬さんが不服そうに愚痴をこぼす。ソファーに座って優しく手を握られ、綾瀬さんの肩に頭を預けるこの瞬間がとても幸せな時間だ。

「それは理人さんがこんなことをするからです。こんな王子様みたいなことをされたら女性は憧れちゃいます」

目の前の画面では綾瀬さんが片膝を立てて私に跪き、指輪を出しているシーンが映し出されている。そして部屋の中に「きゃあぁっ！」という大歓声が響いた。

「遥菜だってどこかのプリンセスみたいじゃないか。この今の顔、見たか？　もう可愛すぎて堪らないよな。ちょっともう一度巻き戻して見よう」

これで何回目だろう。さっきからこの先の映像に全く進まない。

進んだところであの長いキスシーンが始まるから、それはそれで困るのだけど。

「でもあんなに人に見られるとは思っていなかったが、いい結婚式だったな」

「すごく恥ずかしかったですけど、本当に素敵な結婚式でした。私、男の人に裏切られるのが怖くてもう二度と恋愛はできないって思っていましたけど、理人さんと出逢えてたくさんの優しさと幸せをもらいました。本当にありがとうございます」

綾瀬さんが私を見て柔らかく頬を緩める。

「俺も遥菜と出逢えたことに本当に感謝しているよ。遥菜の優しさに助けられ、遥菜の笑顔に毎日幸せをもらっている。俺たちも遥菜の両親のような夫婦になって、そして家族を作っていきたいな」

私の両親のような夫婦に、そして家族になりたいだなんて、本当に幸せ過ぎて胸がいっぱいになってしまった。

「湯川社長に感謝しないといけないですね」

「どうして急に海斗が出てくるんだ？」

途端に眉間に皺を寄せた理人さんが拗ねたような表情を見せる。

「だって理人さんに会わせてくれたのは湯川社長だから」

仕事を辞めてシーキャリアに行ったときのことを思い出していると、突然理人さんに抱き寄せられた。

「理人さん？」

「海斗の名前が出てくるのが気に入らないな」

「えっ？」、

「それに……。あんな男のことなんてもう思い出さなくていい」

あんな男？

もしかして私が清貴と付き合っていたことを理人さんは知っているってこと？

腕の中から綾瀬さんの顔を見上げてじっと見つめていると、ぷにっと頬をつまれてしまった。

「そんな可愛い顔をして俺を見ていたらこのまま抱くぞ」

「りっ、理人さん……」

「俺しか知らない遥菜の可愛い顔を見せてもらうぞ」

にやっと意地悪な笑みを浮かべられ、恥ずかしくて視線を下に落としてしまう。

こんな真っ赤になるような意地悪をして喜ぶ理人さんだけれど、やっぱり私は理人さんのことが大好きで堪らなくて――。

理人さんの意地悪な甘々ぶりに翻弄されながら、今日もまた理人さんとの幸せな一日が重ねられていった。

Special

特別な誕生日

午前六時。目覚ましが鳴ってベッドから起き上がろうとしたところで、いきなり後ろから理人さんに抱きしめられた。

「遥菜、誕生日おめでとう」

耳元から色気を纏った寝起きの低い声が聞こえてきて、一瞬にして身体がとろけそうになる。

今日十二月二十四日は私の三十回目の誕生日だ。

理人さんの記憶が戻り、契約結婚から本当の結婚をした私たちだけど、まさか私の誕生日を覚えてくれていたとは思っていなかったので、嬉しさと同時に驚いてしまった。

「ありがとうございます。覚えていてくださったんですね」

そう伝えた途端、理人さんの腕にさらに力が入り、強く抱きしめられてしまう。

「遥菜の誕生日を忘れるわけないだろ……って俺が言っても説得力はないけどな。でも俺が一番最初に遥菜に『おめでとう』って言いたかった」

熱い吐息が耳元を擽《くすぐ》り、反射的に身体が飛び跳ねた。

記憶が戻ってからの理人さんはとにかく甘くて、こんな風に隠すことなく自分の気持ちを言葉でも態度でもストレートに表してくれるのだ。大好きな人に愛されることは嬉しくて堪らないし幸せでいっぱいなのだけれど、毎日熱い視線や言葉を向けられてしまうと恥ずかしくてどんな顔をしていいのか戸惑ってしまう。

「なあ遥菜、プレゼントは何がいい？　遥菜が欲しいものにしようと思って」

理人さんと出逢う前は、お洒落なレストランで食事をしたいとか、高価なアクセサリーをプレゼントされたいといったような夢を描いていたけれど、理人さんからの溢れんばかりの愛情を受けている今は、そういった物欲はほとんどなくなってしまった。

「欲しいものなんてないです。理人さんがいてくれたら」

本当に何もないので素直な気持ちを答えたのだけれど、これが理人さんの気持ちに火をつけてしまったようだった。もう起きないといけない時間なのにいきなり右手がパジャマの中へと入ってきて、大きな手のひらが胸の膨らみを覆った。

「んっ……だめっ、理人さん」

「朝から遥菜が嬉しいこと言うからだ」

「もう起きないと……ああっ、朝ごはんが作れなくなっちゃう……」

「今日の朝ごはんは遥菜がいい」

そう、最近の理人さんはこんな恥ずかしくて赤面しそうな言葉でも平気で口にしてくるようになった。

「だめっ……です。早く準備しないと……早川さんが……迎えに来ちゃいます」

「早川が迎えに来るまでにはきちんと準備をするから大丈夫だ」

そして私は朝から理人さんからの濃厚な愛情をたっぷりと受け取ったのだった。

「理人さん、これはおむすびです。車の中で食べてください」

玄関で靴を履いた理人さんに小さなランチバッグに入れたおむすびを渡す。

理人さんは宣言した通り、早川さんが迎えに来るまでにきちんと準備は終えたのだけれど、朝食を摂る時間がなくなってしまったので急いで作ったのだ。なんとか間に合ってよかった。

「遥菜、おむすびを作ってくれたのか？　ありがとう」

理人さんは嬉しそうにそのランチバッグを受け取った。膨れている私を見てふっと笑みをこぼす。

「どうしてそんなに拗ねているんだ？　今日は遥菜の誕生日だろ？」

「原因は理人さんです！　わかってるくせに……」

さっきまではあんなに熱くて激しい眼差しを向けていたのに、こんな涼しい顔して凛々《りり》しいスーツ姿を見せているなんて反則すぎる。胸がときめくと同時に、先ほどの甘い時間を思い出して急に恥ずかしくなってしまった。

「どうしてそんなに顔を赤くしてるんだ？」

理人さんが俯いた私の顔を覗きこむ。

「理人さんがかっこいいから……」

膨れながらもそう口にすると、「遥菜」と名前を呼ばれた。

「お前は俺に会社に行かせないつもりか？」

「えっ？」

「本当に無自覚だよな。それより今日の約束、忘れてないよな？」

「はい。日本橋《にほんばし》に十八時ですよね。遅れないように行きます」

今日の夜は理人さんと一緒に食事をする約束をしている。

私の誕生日ということで、フレンチのお店を予約してくれているようだ。

「寒いから暖かくしてこいよ。じゃあ行ってくる」

「いってらっしゃい」

理人さんに笑顔で手を振って見送ったあと、私は急いで家事を始めた。

夕方になり、私は理人さんと待ち合わせをしている日本橋へ向かった。

今日はクリスマスイブということもあり、都内は思った以上に多くの人で混雑していた。私も約二年前まではこの都内で働いていたのだと思うとなんだか信じられなくなってくる。

地下鉄を降りて地上に出ると、街路樹にはキラキラとまばゆい光を放つイルミネーションが施され、幻想的な世界が広がっていた。

うわぁ、綺麗！

先日結婚式場を見に行ったときにもイルミネーションは目にしたけれど、あのときは車から見ただけだったので、私は思わず立ち止まってうっとりと眺めてしまった。

待ち合わせ場所のデパートに到着すると、紙袋を手にした理人さんが既に立って待っていた。

「理人さん、お疲れさまです。お待たせしてすみません」

こんな風に仕事帰りの理人さんと待ち合わせをするのは初めてのことなので、なんだか自分が社会人の頃に戻った感じがしてドキドキしてしまう。

理人さんはにっこりと私の大好きな笑顔を見せてくれたあと、少し心配そうに顔を曇らせた。

「遥菜、ここに来るまでに誰にも声をかけられなかったか？」

「はい。特には……。どうしてですか？」

理人さんが尋ねてくる意図がわからなくて首を傾げる。

「それは遥菜が可愛いからに決まっているだろ。他の男が声をかけてくるんじゃないかと心配なんだ」

それは当然だと言わんばかりの発言に、私はぼうっと理人さんを見つめてしまった。

理人さんは私がモテると勘違いしているようだけど、心配なのは理人さんの方だ。今だってここに立っているだけで他の女性からの視線を感じるというのに、本人は全く気づいていないのだから。

「理人さん、自分の心配をしてください」

「俺の心配？　どうして俺が心配するんだ？」

「理人さんがかっこいいからに決まっているじゃないですか！」

思いっきり頬を膨らますと、理人さんがクスっと笑みをこぼした。

「どうしたんだ？　急に何をそんなに拗ねているんだ？」

本当に理人さんはわかっていないようだ。

なんとなく悔しくてそのままじっと睨んでいると、私の手を掴んだ理人さんが自分の指を絡ませてきた。

「どれだけ俺を睨んだところで可愛いだけだから無駄だぞ。それよりこれから遥菜の誕生日を祝うんだから機嫌直して食事に行こう」

そう言って理人さんは私の手を引いて歩き出す。

イルミネーションが輝く街並みを理人さんと一緒に手を繋いで歩いていると、まるでデートをしているような気持ちになってきて、私は拗ねていたことを忘れ、箱根でのデートを思い出していた。

「街並みがすごく綺麗……」

「そうだな。遥菜とのデートが一段と楽しくなるよな」

デートという言葉に反応して思わず理人さんに顔を向けてしまう。

「どうした遥菜？」

「理人さんとこうしてデートができるのが嬉しくて……。箱根のデートのことを思い出していたから」

理人さんが嬉しそうに微笑み、繋がれていた手がぎゅうっと握られる。

そして隠れ家のような落ち着いた雰囲気のお店の前で理人さんが止まった。

さっそく店内に入りお店のスタッフに案内されて席に座る。とても重厚感のある優雅な雰囲気の高級レストランだ。なんだか緊張してしまう。しかも今日はクリスマスイブだけあってテーブル席は既に満席となっていた。

「遥菜、最初はシャンパンでもいいか？」

メニューを見ていた理人さんが尋ねてきた。

笑顔を浮かべて頷くと、少ししてテーブルに置いてあった素敵なグラスに、しゅわしゅわと金色の泡が弾けるシャンパンが注がれた。

その様子を見て、以前理人さんと一緒に行った鉄板焼きのお店を思い出す。

「遥菜、乾杯しようか」

理人さんがグラスを手に取ったので私も同じようにシャンパンを手に取った。

「遥菜、誕生日おめでとう」

「ありがとうございます」

お互いに顔を見合わせて微笑み、シャンパンを口に運ぶ。とっても美味しいシャンパンなのだろうけれど、理人さんとこうして食事をしていることが夢のようで、緊張してあまり味がわからない。

「理人さん、こんな素敵なお店、よく予約がとれましたね」

今日はクリスマスイブだからどのレストランも予約でいっぱいだと思っていた。

不思議に思って尋ねると、理人さんからは意外な答えが返ってきた。

「この店、実は俺が記憶喪失になる前に、遥菜の誕生日を祝おうと思って予約していたんだ」

思ってもみなかった答えに、思わず「えっ？」と驚いてしまう。

「遥菜の誕生日をどうしても祝いたくて。予約が取れなくなる前にと思って先に予約をしておいたんだ。契約が終わる前に遥菜にずっと俺のそばにいてほしいと伝えるつもりだったから」

そんな前から私の誕生日をお祝いしてくれるつもりだったなんて……。

新たな事実を知って幸せな気持ちに浸っていると料理が運ばれてきた。

クリスマスなので今日は特別なコースメニューだそうだ。旬の食材を使った美味しい料理のうえに盛りつけがとっても華やかで、私は料理が運ばれてくるたびに目を奪われ、感嘆の声をあげてしまった。

そして最後のデザートが運ばれてきたところで、理人さんが待ち合わせのときに持っていた小さな紙袋を私に差し出してきた。

「遥菜、これは誕生日プレゼントだ」

紙袋にはハイブランドのお店の名前が書いてある。

何かはわからないけれど受け取っていいのか戸惑ってしまう。

「いいんですか?」

「いいに決まってるだろ？　何をそんなに遠慮しているんだ？」

「ありがとうございます。すごく嬉しいです。ここで開けてみてもいいですか？」

にっこりと微笑んで頷いてくれた理人さんを見て、さっそく紙袋の中の箱を取り出して開けてみる。箱の中にはなんと腕時計が入っていた。

「理人さん、これって……」

「気に入ってくれた？」

気に入ったもなにも、こんな高級な腕時計がプレゼントだなんて思ってもみなかった。軽く車が一台購入できるくらいのとても高価な腕時計だ。

「こんな高級な腕時計……。本当にもらってもいいんですか？」

「遥菜へのプレゼントなんだから当然だろ。俺はこの一年、遥菜に何もしてやれなかったからな。たくさん迷惑もかけたし、つらい思いもさせた。俺から遥菜への初めての誕生日プレゼントなんだ。喜んでもらえる方が嬉しい」

「ありがとうございます。大切にします」

感動して胸がいっぱいでそれ以上言葉が出てこない。

すると、理人さんは再び紙袋を取り出した。

「遥菜、これはクリスマスプレゼントだ」

目の前に差し出された紙袋を見て、理人さんの顔をじっと見つめてしまった。

今度は少し大きな紙袋で、先ほどとは違うハイブランドのお店の名前が書いてある。

今、こんな高価な腕時計をもらったばかりなのに理解ができなくて呆然としていると、理人さんが頬を緩めた。

「そんなに驚くことはないだろ？　これは開けてくれないのか？」

言われるがままに紙袋を受け取り、袋を開けてみる。するとそこには高級なショルダーバッグが入っていた。雑誌でよく見かける大人気のバッグだ。

「理人さん、どうして二つも？　それにこの鞄だってすごく高価なのに……」

先ほどの腕時計まではいかないにしても、このショルダーバッグもかなりの金額のはずだ。

「去年遥菜が言っていただろ？　誕生日がクリスマスイブだとプレゼントは一つになるから嫌なんだって」

そう言われて昨年の誕生日のことを思い出した。

『クリスマスってみんな楽しみにしている日だから、私だけの誕生日っていう特別感はないし、誕生日ケーキもクリスマスケーキと一緒になっちゃうし、社会人になって彼氏と付き合っても誕生日とクリスマスのプレゼントは一緒でしたからあまりいい思い出はなくて』

確か私は理人さんにこんなことを言ったはずだ。

あの日のことを覚えていてくれたのだと思い、驚きと嬉しさでまたしても胸がいっぱいになってしまった。

「あのときの会話、覚えていてくださったんですか？」

「当たり前だろ。あの日、遥菜の誕生日を知らなかったことで俺がどれほど悔やんだか知っているのか？　もっと早く知っていれば食事にでも誘ったのにと後悔したんだからな」

理人さんがそんな風に思っていてくれていたなんて。

「実は……去年私、どうしても理人さんと自分の誕生日を一緒に過ごしたくて、それで食事に連れていってくれたお礼という口実で料理を作ったんです」

「そうだったのか？」

今度は理人さんが少し驚いたように目を瞠っている。

「理人さんの前で少しでも綺麗な自分でいたくて美容院に予約を入れて、それに一緒にケーキも食べたかったから、クリスマスだという理由もつけてケーキも買ってきました。だから理人さんがクリスマスツリーのチョコレートで誕生日をお祝いしてくれたときはすごく嬉しかったんです」

一年経ってこんな告白をする日がくるとは思ってもみなかった。

「俺たち、一年前から同じことを思っていたんだな」

「そうですね。理人さん、こんな素敵な誕生日にしてくださりありがとうございます。去年も嬉しくて幸せな誕生日でしたけど、今年はもっと特別で忘れられない誕生日になりました」

「遥菜が喜んでくれたのが俺も一番嬉しいよ」

するとそこへ、ろうそくが立てられた丸いケーキが運ばれてきた。

お皿にはチョコレートで〝遥菜誕生日おめでとう〟と書いてある。

「誕生日と言えばやっぱりケーキだからな。去年はきちんと祝えなかったし」

理人さんが少し意地悪そうな笑みを向ける。

微笑む理人さんに見つめられながらろうそくに息を吹きかけ、お店のスタッフからもお祝いの言葉をもらい、そしてそのケーキを理人さんと一緒に二人で食べた。

食事を終えてお店を出ると、道沿いには素敵なイルミネーションが輝いていた。

「うわぁ、すごく綺麗。イルミネーションに彩られた街並みって本当に素敵ですね」

「そうだな。少し歩いてみるか？」

理人さんに向けて満面の笑みで頷き、手を繋いで一緒に彩られた道を歩いていく。

こうして輝く光の中を歩いていると、まるで自分が物語の主人公にでもなったような気持ちになり、隣にいる理人さんへのときめきが溢れて止まらなくなってきた。

「理人さん、ありがとうございました。とっても素敵なレストランで料理も本当にすごく美味しかったです。プレゼントもありがとうございました。大切にします」

「俺も遥菜の誕生日が祝えて本当によかったよ。おめでとう、遥菜」

「ありがとうございます」

本当に幸せ過ぎるほどの素敵な誕生日だ。

一生忘れられない誕生日になるだろう。

「こうして歩いていると、箱根から帰ってきて一緒に食事をしたあの日のことを思い出すよな」

理人さんがひとりごとのように呟いた。

馬車道の鉄板焼きのお店からマンションまで一緒に手を繋いで歩いて帰ったあの日だ。そう、初めて理人さんとキスをした日。

「俺たち、デート自体はまだ二回目か……」

「そうですね。箱根のデートもすごく楽しかったけど、今日のデートも本当に楽しかったです」

「そうだな。仕事帰りに外で食事をして遥菜とデートをするのも楽しいよな。またこうして一緒にデートしよう」

繋いでいる手に少し力が入り、理人さんが自分の指を私の指の間にしっかりと絡ませてくる。

「ほんとですか？　理人さんとまた今日みたいに待ち合わせをしてデートができるなら嬉しいです」

理人さんとならどんなデートでも楽しいけれど、こんな仕事帰りに待ち合わせをしてのデートは非日常感があって特別かもしれない。

だけど理人さんは私の意見とは少し違ったようだった。

「待ち合わせはちょっとな……」

「どうしてですか？」

「それは遥菜が心配だからに決まっているだろ。他の男が声をかけてくるかもしれないからな」

ほんとにこの人は全く……。

いつまで私のことをモテると勘違いしているのだろう。

無自覚な自分をもう少し反省してほしい。

すると、理人さんが大きなクリスマスツリーの下で突然立ち止まった。

ビジネス街だからか既に人通りは少なくて、このクリスマスツリーだけが真っ暗な夜空の下で煌《きら》めく光を纏いキラキラと輝きを放っている。

「遥菜、誕生日おめでとう」

理人さんが私を見つめて柔らかく微笑む。

「ありがとうございます。こんな特別な誕生日でとっても幸せです」

「俺も。遥菜の誕生日を一緒に祝うことができて本当に嬉しかった」

繋がれていた手が解かれ、その手が優しく髪の毛に触れた。

「遥菜、メリークリスマス！」

その瞬間、唇が重なった。

ドキドキと胸は高鳴り、自分の誕生日が幸せな光に包まれ特別な日へと変化していく。

そして私たちの横にある大きなクリスマスツリーは、さらに幻想的な光を放ってこの特別な誕生日を祝福してくれるように輝いていた。

※この物語はフィクションです。
作中に同一あるいは類似の名称があった場合も、実在する人物・団体等とは一切関係ありません。
※本書は「エブリスタ」(https://estar.jp)に掲載されたものを、改稿のうえ書籍化したものです。

上乃凛子（うえの りこ）

広島県出身。2018年より小説創作プラットフォーム「エブリスタ」にて執筆を開始。
2024年、『偽りの愛の向こう側 契約婚のはじまり』（宝島社）にてデビュー。
原作を務めたコミック『いつわりの愛 ～契約婚の旦那さまは甘すぎる～』『週末カレシ ～上司と私のナイショの関係～』『嘘恋シンデレラ ～地味OLの私が次期社長に溺愛されるまで～』が配信されている。

宝島社
文庫

偽りの愛の向こう側
そして、二人の選択
（いつわりのあいのむこうがわ　そして、ふたりのせんたく）

2025年1月22日　第1刷発行

著　者　上乃凛子
発行人　関川 誠
発行所　株式会社 宝島社
〒102-8388　東京都千代田区一番町25番地
電話：営業 03(3234)4621 ／編集 03(3239)0599
https://tkj.jp

印刷・製本　中央精版印刷株式会社

ISBN978-4-299-06285-7

の謎解き朝ごはん』シリーズ　好評既刊

早朝にひっそり営業しているスープ屋「しずく」。店主の麻野がつくる絶品スープを求めて、今日も悩めるお客と謎がやってくる——。麻野がやさしく美味しく謎を解く、心温まる連作ミステリー。

宝島社文庫　好評既刊

宝島社文庫

《第11回 ネット小説大賞受賞作》

喫茶月影の幸せひと皿

内間《うちま》飛来《ひらい》

満月の夜にだけ現れる喫茶店「喫茶月影」。願いを抱えた人だけが辿り着けるこのお店では、心を映す不思議な料理が食べられる。今宵、喫茶月影を訪れたのは、不眠症の画家、ママとケンカした女の子、挫折した音楽家、婚約破棄された青年……。あたたかな14皿の物語。

定価　840円（税込）